Yksinäinen imuri ja muita henkilöitä

Yksinäinen imuri ja muita henkilöitä

Erkki Böös
Sanna Hirvonen
Tuitu Mikkonen
Leena Partanen
Emma Puikkonen
Kirsi Rajapuro
Kare Rautio
Alpo Tiilikka

© 2019
Erkki Böös
Sanna Hirvonen
Tuitu Mikkonen
Leena Partanen
Emma Puikkonen
Kirsi Rajapuro
Kare Rautio
Alpo Tiilikka

Kirjan kansi:
Mirkka Hietanen

Kustantaja:
BoD – Books on Demand, Helsinki, Suomi
Valmistaja:
BoD – Books on Demand, Norderstedt, Saksa

ISBN 978-952-80-1775-2

Sisällys

Talon paikka

Emma Puikkonen

Koivun lehdet puhkesivat vihreään toukokuussa. Niittyaukean uumenissa istui kiuru, joka silloin tällöin lehahti lentoon laulamaan. Lintu lensi ja lauloi kuin helminauhaa tipautellen, jäi hetkeksi paikoilleen räpyttämään ja kohosi sitten niin korkealle, että katse ei sitä enää taivaan sinisestä erottanut. Koivu oli juuri siinä missä myöhemmin talo, sen riippuvat oksat heiluivat tuulessa ja lehdet kahisivat hiljaa. Vain kilometrin päässä kaakossa oli merenlahti, jäälautat jotka jo maaliskuussa halkeilivat ja hapertuivat, kunnes niiden alta paljastui aaltoileva vesi. Lahti oli matala ja rauhallinen, ja sen ympärillä levittäytyi kylä; kallioita ja tuulta vasten nojaavia taloja, lehmiä ja kanoja talojen pihoilla. Elettiin pohjoisessa. Talvet olivat lunta ja jäätä ja susia, keväät valon lisääntymistä ja etelästä palaavia lintuja. Aika kului, pilvet liikkuivat taivaalla, kiuru lensi korkealle ja palasi aukealle lähelle koivua, muutti etelään ja palasi taas, muutti ja palasi, istui hetkeksi tutun koivun latvukseen.

Tuli kaupunki ja nielaisi kylän. Jotkut sanovat, että kylä söi kaupungin. Tai ehkä ruotsalainen kuningatar antoi kylän lahjaksi kaupungille? Joka tapauksessa maa jaettiin huvilatonteiksi viljelyyn ja asumiseen. Jo aikaisemmin lehmät ja lampaat olivat riipineet pihlajista lehdet, levänneet maassa ja antaneet kerran syödyn ruohon nousta uudelleen jäystettäväksi. Niille oli kauan sitten perustettu laidunaidat ja hakamaat.

Kaupunki siis kasvoi, kirveiden iskut kaikuivat. Puiden kaatajat huutelivat toisilleen työtä tehdessään. Käärmeet vilahtivat kivenkoloihin ja jäivät piiloon, kiuru lensi vähän kauemmas ja valitsi uuden niityn. Huviloiden ja vuokravillojen aikoihin syntyivät puistot ja puutarhat, puita kaadettiin lisää, kukkia istutettiin ja pensaita kasvatettiin tuuheiksi aitauksiksi. Nimet annettiin siitä, mikä silloin oli kauneinta: antiikista. Hesperia ja Arkadia. Aika kului, pilvet liikkuivat taivaalla. Alueelle laadittiin kaava, jossa tiet kiemursivat yllättäviin suuntiin. Aika kului, laadittiin toinen kaava, jossa tiet kulkivat suorempaan. Vuosikymmen toisensa jälkeen vihreä alue kartalla pieneni ja keltainen lisääntyi, piirrettiin lisää katuja ja annettiin niille nimiä. Yksi kerrallaan talot alkoivat nousta. Ihmiset nostivat matkalaukkunsa ja muuttivat keltaisen perässä, he saivat kodin ja katsoivat ikkunoistaan ulos. Koivu oli siinä missä ennenkin, sen juuret levittäytyivät yhtä leveälle kuin oksat. Maan pinnassa oli muutama kohta, jossa ne puskivat esiin kuin vanhan ihmisen ryhmyiset, puoliksi hautautuneet kädet.

Ensin kadun nimi oli Nimrodkatu, ja se oli aivan kaavoitetun ja kaavoittamattoman alueen laidalla. Vuonna 1917 nimi muutettiin Stenbäckinkaduksi, eikä ollut kuin parikymmentä vuotta siihen kun se rakennettiin, talo.

Lopulta oli aika. Otettiin kirves, asetettiin kädet tiiviisti varren ympärille ja hakattiin koivun valkeaan pintaan oikealle korkeudelle kaatokolo. Otettiin saha ja sahattiin puu. Katsottiin, kuinka koivun oksat keinahtivat, kun se ryskyen kaatui. Talolle tehtiin paikka.

Tästä tarinat alkoivat.

Keittiö, 1939 ja 2019

Kare Rautio

Näyttö vilkkui. *Maarit Stråhle soittaa.*

— No moi Maarit! Kiva, kun soitit. Et yhtään. Itse asiassa kotona, ei mitään vapaata vaan etänä, ainakin mukamas. Mulla on tulossa remppamies käymään, pitää päivystää valitettavasti omalla sohvalla. Joo, ihan kamalaa. Pikku läppää, riko jäätä.

— Miten itse? Odotinkin jo soittoasi.

Maaritin ääni ei luvannut hyvää.

Juha oli halunnut mulle tän muuttofirman faceliftin: lyhyt spotti telkkariin, jonkun radio-ohjelman sponssi, paremmat saitit, paljon somesähinää.

— Hoida homma kotiin.

On ollut vähän hiljaista, hän jätti sanomatta.

Mun idea oli yhdistää firma johonkin kaikille tuttuun hittiin, hyödyntää jo olemassa olevaa positiivista vibaa. Hakusanoilla tuli eteen Maarit Stråhlen, silloisen Maarit Havukaisen, kasarihitti "Mä muuttaja oon". Se oli ladattuna Youtubessa. Ensikuulemalta muistin kertsin sanat ja melodian, varmaan mun vanhempien suosikki joltain kesältä. Biisi oli samalla sekä hyvä että hönö. Täydellisen tarttuva.

Kerroin Juhalle ideasta. Se kysy kenellä oikeudet. Kaikki Maarit Stråhlella, vastasin. Juha nojautui tuolillaan taaksepäin, teki heittoliikkeen ja näytti sormillaan kolmea pistettä. Kysyin Teostosta yhteystiedot ja laitoin meilin, jossa esitin asian ja pyysin yhteydenottoa. Tämä tapahtui eilen. Yhteydenotto tuli nyt.

Maarit Stråhle oli nihkeä ja musabisnes enää kaukainen muisto.

— Mikään ei ole niin kuin ennen. Nyt se on vaan raha, raha, raha. Levypomot ei näe syvemmälle, se on pelkkää pintaa, hittiä toisensa perään.

Otin pistaaseja sohvapöydän matalasta Aalto-vaasista. Samalla kertasin vierestä avainsanoja muistilapulta: "tunteiden välittäminen", "toisen kunnioitus", "taistelu paremman maailman puolesta". Lisäsin "etsi levy divarista, pyydä nimmari".

Maarit jatkoi vuodatusta.

— Tänä päivänä sä oot yksin taiteellisuutes kanssa. Kuka uskoo kun joku siloposki ruikuttaa Bentleyssä, että sillä on niiiiin paha olla? En mä ainakaan.

Nyt oli mun vuoro.

— Mä oon kuule just samaa mieltä, aloitin.

Tämän perään vyörytin avainsanat valmiiksi pureskelluissa lauseissa. Loppuun vielä:

— Oli tosi kiva kuulla sun ajatuksista. Musta tuntuu, että me ollaan samalla puolella.

Maarit oli epäileväinen. Hän oli sanomassa jotain, kunnes kuuli äänen.

Ovikello.

— Ei mitään, tai no se on nyt se remonttimies. Kuule, mun on pakko päästää se sisälle. Mä soitan parin päivän päästä sulle. Tänään on keskiviikko eli viimeistään perjantaina. Mietin sitä, mitä sanoit. Painavia sanoja pitää sulatella, mut tosi tärkeetä, että mä nyt tiedän, mitä sä ajattelet. Jes, kiva kiitti, moi moi. Ja anteeks.

Laskin luurin sohvapöydälle.

Saved by the doorbell.

Maarit oli kieltäytymässä, veikkasin. Oli hyvä, että Laitinen pamahti juuri nyt paikalle. Mutta mun lopetus oli vähän tökerö.

Pistä kukkaemoji matkaan.

Menin eteiseen. Mosaiikkiparketti parahti viimeisellä olohuoneen puoleisella askeleella. Se oli kuin mun ajatus. On kahdenlaisia taiteilijoita: Niitä, jotka osaa tehdä bisnestä. Ja niitä, jotka eivät.

Avasin oven.

— Mika Laitinen terve.

Laitinen oli mun pituinen, siniset silmät ja leukaparta, jonkin verran vatsaa. Mitta roikkui kyljellä pistoolin tavoin.

— Kalle Cronwall, moi. Sisään, sanoi vasara taltalle.

Astuin taaksepäin. Tiukka puristus.

— Kiitos. Sen verran siistiä, että riisutaan kengät.

— Joo, mustassa lattiassa on puolensa, mutta jätä siihen eteismatolle vaan. Mennään tästä keittiön kautta potilaan luokse.

— Viimeistellyn näköistä.

— Kiitos, halusin muuttovalmiin kämpän, ei mitään megaremontteja. Tää oli just passeli. Paitsi se väliseinä. Mun isovanhemmat muuten asui aikaisemmin samassa talossa, joskus sodan jälkeen. En mä heillä ehtinyt käymään, mutta tuntui kivalta idealta.

Laitinen tuli perässä, katsoi keittiön lattiasta kattoon, sitten viereiseen huoneeseen. Pää laski mittoja koko ajan.

Osoitin liikennepoliisina keittiön ja huoneen väliseinää.

— Tää siis pois, aloitin. — Keittiö on liian ahdas kymmenen hengen ruokapöydälle, mutta tällainen erillinen ruokasali on niin mennyttä. Jos tää olisi poissa, niin kaikki ystävät vois olla täällä seurustelemassa ja katsoa, kun laitan ruokaa. Tällaista open concept -keittiö-olohuoneyhdistelmää näkee nyt kaikilla.

Laitinen nyökytteli.

— Joo, tääl Taka-Töölössä huoneet on vähän matalampia ja pienempiä. Ekat asukkaat oli keskiluokkaa kaupungin ulkopuolelta. Ei mitään porhoporukkaa.

Laitinen kurkkasi ikkunasta Manskulle, näki vissiin tullitolpat.

— Tänne rajalle asutus levis hitaammin. Etu-Töölössä mä oon enemmän ollu hommissa, mut myös täällä. Kaikenlaisia tarinoita asiakkaat on kertonut.

— Nykyäänhän täällä on vaurasta jengiä ja kämpät arvossaan. Tää on muuten valmistunut 1939.

— Joo, niin näistä suurin osa on, kolmekasi–kolmeysi rakennettuja. Mut se mikä on pystytetty, tulee myös alas. Koko seinä siis pois.

Laitinen koputti seinää.

— Tää on jotain kipsilevyn tyyppistä, riksiä tai kananpaskaa.

— Anteeks?

— Kananpaskaa eli luginomassaa. Sellainen materiaalien sekoitus.

— Okei, en oo kuullutkaan, mut sitä suuremmalla syyllä, alas vaan.

Walls come tumbling down.

Laitinen otti kynän ja muistivihon esiin, otti mitat seinistä, laski alustavia materiaalimääriä ja kuluja.

— Homma menee sit näin. Viikonloppuna tyhjennät tän huoneen ja keittiön. Maanantaina suojaukset, sitten seinän purku ja katon tasoitus. Lopuksi roskat sorttiasemalle, onneks ollaan kakkoskerroksessa. Tiistaiaamuna katon pohjamaalaus, iltapäivällä kattomaali. Toinen kerta keskiviikkona. Pitäis olla siinä.

Maanantai. Paska työpäivä. Loppuviikosta Maarit Stråhle ei vastannut viesteihin, tänään vihdoin vaivautui soittamaan. Mut ei ollut tullut järkiinsä.

— Biisi on mulle hyvin henkilökohtainen. Se kertoo koko kasvutarinani. Miten näen lapsuuden, nuoruuden, onnen ja kivun. Se on matka läpi muutosten, kohti naiseutta. Muuttaja toimii kappaleessa metaforana, sekä fyysiselle että henkiselle kasvulle.

— Vau, syvällistä. Ja tavallaan rankkaakin. Kauheeta paskaa, ajattelin ja nyin näytön muistilappuja eestaas.

— Biisillä ei ole siis mitään tekemistä muuttofirman kanssa. En ole kiinnostunut.

Vika lause takoi sata kertaa päässäni. Hengitin syvään, hyppäsin b-vaihtoehdon yli suoraan c:hen ja kehujen jälkeen kerroin täkynä mahdollisuudesta neuvotella korvauksia ylöspäin. Lopuksi pyysin Maaritia vielä palaamaan asiaan.

— Shittendorf! huusin huoneessani ja näytin lasioven läpi yläpeukkua ohi kävelevälle Juhalle.

Ja nyt pääsin kotiin pölyn keskelle. Seurasin Laitisen valkoisia kengänjälkiä.

— Moi, mites täällä sujuu?

Laitinen oli telineellä leveä lasta kädessä ja veti jotain vaaleanharmaata tahmaa kattoon kuin voita näkkärin päälle. Seinä oli poissa, ihmettelin tilan tuntua. Huoneessa, vai oliko se keittiö, kaikui.

— Aikataulussa mennään. Tää pitää vaan saada tasoitettua ja antaa kuivua. Aamulla hion tän sileäksi, ja sen jälkeen pohjamaali.

Nyökkäsin. Laitisen työ näytti simppeliltä. Kerroin ajatuksestani.

— Mä olen muuten joskus miettinyt remppahommista, että oisko niin että kun tekee jotain tollasta, siis omilla käsillä, niin samalla pää lepää. Et siinä vois saada kaikkia luovia juttuja mieleen, hyviä idiksiä, tekstejä tai mainosaihioita tai sellaista. Et pitäisköhän joskus kokeilla itekin?

Laitisen käsi pysähtyi hetkeksi. Sitten hän vastasi:

— No en nyt tollasesta tiedä. Mä olen tehnyt näitä juttuja parikyt vuotta ja oppinut, että jos et keskity siihen mitä just sillä hetkellä teet, niin homma menee uusiksi.

— Ah, okei.

— Löysin muuten hauskan jutun, löydät sen tasolta.

Keittiön kaapinovet ja taso olivat ensilumen saaneita, kauttaaltaan pölyssä. Viinilokeron punkkupullot näyttivät olevan kuin paremmasta kellarista. Pyyhin rätillä. Samalla tavalla Juha pyyhkisi mulla työpöytäänsä, jos kusen tän muuttofirmajutun, tuli mieleen. Mitä Laitinen tarkoitti? Olin kysymässä, kunnes huomasin tasolla kahtia taitetun vihertävän paperivihkon, koko jotain aavitosta. Kannessa ei lukenut mitään, tuntui vain tahmealta.

— Mikä tää on? käännyin Laitisen suuntaan.

Suoristin vihkoa ja selailin sivuja. Ensimmäisistä en saanut selvää, tummia viivoja, lukuja, harvoja sanoja, muutama yhteen liimautunut sivu.

Laitinen puhui katolle.

— Emmä keksi muuta ku et jossain vaiheessa seinä on ollu rikki, vihko on taitettu sisään ja seinä korjattu, siellä ollut sitten vuosikymmenet. Nyt se lojui purkujätteen seassa. Lue piruuttas.

— Joo, pitää tutustua.

Pyyhin kannet rätillä, heitin vihkon olkkarin sohvapöydälle.

Illalla katsoin meilit, ei yhtäkään Maarit Stråhlelta. Pamautin läppärin kiinni. Pyyhin avatussa keittiössäni pölyjä, seuraavaksi imuroin lattiaa. Keuhkoissa alkoi pihistä. Remppa toi avaruuden ja keuhkoahtauman. Fair play. Avasin ikkunan ja menin takaisin olohuoneeseen. Otin Laitisen vihkon. Hyppäsin sivuja yli, kunnes tekstiä oli enemmän.

Tämä on Kaarlon muistivihko. Tai oli. Kaarlo ehti tähän laittaa viivoja ja numeroita, kaikenlaisia mittoja, mitä nyt edeltä sai. Ei voinut olla piirtämättä. Sanoi että kaikki on hyödyksi, vaikka sitten huonekaluja varten.

Kaarlo sanoi etten saisi niin hermoilla muutosta. Mutta hermoilee tuo itekin. Vaikka ei sitä näytä. Sanoo että laita asiat ylös, niin sitten jälkeenpäiten muistaa prikulleen niinkuin ne oli. Sanoin, että tästä vuodesta en mitään unohda, se on sydämeen kirjoitettu, ku mäntyyn vuoltu.

Mutta oli Kaarlolla toistakin. Sanoi, että jos minä sinne Töölön majan lastenhoitajakouluun kontrollantiksi haluan, niin kirjoittamista kannattaa pitää yllä, ihan vaan raportointia varten.

Vai tahtooko tehdä nuorikostaan samanlaista tekstinikkaria kuin itse on? Siinä kyllä työtä olis.

6.6.1939, Vihdin Olkkalassa, kuumana kesäpäivänä verannalla.

Varsinaista proosaa. Mikä ihme toi Töölön maja on? Käänsin sivua, aukeama oli tyhjä, pölymuruja lukuun ottamatta. Tähänkö se jäi? Seuraavalla aukeamalla oli kesken jäänyt piirros huoneesta. Kunnon perspektiivit, ei mitenkään huono. Erkkeri näytti tutulta, sen eteen oli hahmoteltu sohvaa.

Teksti jatkui seuraavalla aukeamalla.

Tänään kävin Suomen Lastenhoitoyhdistyksessä vierailulla. Varsinainen vauvala olikin, pieniä pilttejä hoitajien sylit täynnä. Itse johtajatar, "arvon Rouva von

Schantz" esitteli rakennusta, kertoi osaavia käsiä kaivattavan. Kaupunki kasvaa, niin myös hylättyjen lasten määrä. Kaikki eivät syntyessään saa täyttä siunausta, jotkut eivät puoliakaan.

Sanoin kotiseudullani lapsuudessa totutun paljaspäisiin punaorpoihin. Jo Martti-isä heitä auttoi, olivat hänestä "osattomia isiensä rikoksiin". Ei isä heiltä tohtinut auttavaa kättä kieltää vaikka tämä synnytti kirkonkylällä pahaa puhetta. Isän opetus nuorelle tyttärelle oli: "Kun hoipertelijaa katsotaan kieroon, se tekee hänestä suoran." Ymmärsin tämän vasta vanhempana.

Odotan Kaarloa ja kirjoitan näitä sanoja. Ehdin käydä katsomassa tulevaa taloamme Turuntien ja Stenbäckinkadun kulmassa. Rakennustelineet olivat jo poissa, julkisivu loisti helmen lailla. En malta odottaa. Aurinko lämmittää poskia ja meri kimmeltää. Toivottavasti en puhunut "arvon Rouvalle" ohi suuni.

17.6.1939, Töölön Humallahden puisto.

Seuraavalla sivulla oli jonkinlainen muistilista:
- vuokra 10mk /m2, maksupäivä? pesutuvan vuokra kahta punkkaa ja pataa kohti, pesu klo 6 a.p – 9 i.p; pyykinpesu asuinhuoneissa ehdott. kielletty, kellarikomero, ei kissoja ja koiria, pianiino yms. soittokone eristettävä huovalla/korkilla lattiasta, asukas tarvitt. tiivistää ikkunat, mutta ei saa käyttää kittiä, koksi engl. tai hollantilaista...

Hyppäsin loput yli.

Mikä päivä!

*Harju-Latvalan yhtiö haluaa vakinaistaa Kaarlon,
kovasti pitäneet hänen tekstisuunnittelusta ja kuvapiir-
roksista. Kaarlo sanoi aloittavansa puhtaalta pöydältä
kun ensimmäinen asiakas tekee saippuoita. Naurettiin
yhdessä. Vielä samana päivänä pääsimme katsomaan asuntoa
sisältä. Aika kuluu kuin siivillä. Kuin hetki sitten oli-
simme katsoneet kadulta ahkeria työmiehiä tiilet selkäte-
lineissä. Muurarit pystyttivät seinää rivi riviltä. Talo
syntyi yhtä aikaa viereisten kanssa, kuin lapsen hampaat
ikeniin, mutta millä vauhdilla. Ja nyt menimme huo-
neesta huoneeseen, vielä haisi maali tai jokin laasti. Mitä
me näin suurella tehdään, kysyin Kaarlolta, ja Kaarlo
kuiskasi, että "täytetään mukuloilla". Punastuin enkä
tiennyt miten päin oisin.*

*Rakennuttaja, rohdoskauppias Taipale oli mahotto-
man tiukka, pienileukainen mutta hartiat kuin mettä-
miehellä. Kertoi, mitä talossa saa ja mitä ei saa tehdä, jäl-
kimmäisiä oli huomattavasti enemmän kuin edellisiä.
Nyökkäsi tyytyväisenä, kun emme omanneet lapsia tai
flyygeliä, mutta epäilevästi vatsanseutuani tuijotti.
Pelkkä katse sai minut rullaamaan takin lievettä.
Kaarlo käytti niin hienoja sanoja että pelkäsin ymmär-
tääkö itsekään, puhui arkkitehti Peltosesta kuin omasta*

tutustaan. Laitoimme nimet papereihin, omani näytti lapsen tekeleeltä. Kadulla Kaarlo kaappasi minut ilmaan ja suukotti välittämättä ohikulkijoista, hattukin lensi päästä. Päivän ilo ja jännitys purkautui. Pyörimme Kaarlon sanoin "kuin aurinko ja maa, omassa avaruudessa, ilman muita planeettoja". Koskaan en ole ollut näin onnellinen.

28.6.1939 Töölö

Katos vaan, Kaarlo oli alan miehiä. Harju-Latvala oli ensimmäisiä isoja mainostoimistoja ennen sotaa. Oli toinenkin yhteensattuma. Soitin systerille.

— Moi, muistatko kun Mumi ja Vaari silleen vahti meitä lapsenlapsia, mitä ne joskus hoki kurkatessaan huoneeseen?

— Niin, moi vaan sulle. Mitä kuuluu? Kiitos hyvää, paitsi oppilaat ovat kurittomia. Se oli jotain että "Tässä vaan Kontrollantti-Kaisana tarkkaillaan".

— Konrollantti-Kaisa. Kaisa. Tiedätkö mistä se oli lähtöisin, siis se hokema?

— Musta se tuli jostakin niiden entisestä naapurista, niin ne selitti tai sitten äiti. En mä satavarma ole. Äiti olis varmaan tiennyt, joskus käytti sitä itsekin. Kysy iskältä. Kuin niin?

— No, mä kai asun Kontrollantti-Kaisan vanhassa kämpässä, ilmeni remontin yhteydessä. Aika hauska juttu. The circle is now complete.

— Ihan miten vaan, Luke. Mä vaan toivon että Kontrollantti-Kaisan henki leijuu siellä asunnossa, se tekisi sulle hyvää. Ei ollut äidin perukirjan mustekaan vielä kuiva, kun olit jo asuntokaupoilla.

— No, tää oli ehkä pikanen päätös, mut näissä jutuissa pitää olla nopee. Olen tyytyväinen. Ja vielä tyytyväisempi, kun täällä on yks seinä vähemmän.

— Mäkin olen sitten, kun sä taas seurustelet jonkun suht järkevän kanssa. Kun toisen menettää, niin on hyvä pysähtyä ja funtsia.

— Kiitti vinkistä, doctor Philippa.

Laitoin vihkon sohvapöydälle, katsoin kymppiuutiset, kävin pesemässä hampaat ja otin padin sänkyyn. Tuntui, että olin lukenut samat jutut eilen. Kun laitoin silmät kiinni, mietin vihkosta lukemaani. Kaarlo ja Kaisa. Se oli pelkistettyä ja aitoa. Juttu tuli lähelle. Hyvän tarinan ainekset.

Seuraavana päivänä katto näytti hyvältä. Uusi maali ei erottunut liikaa viereisistä katoista. Laitinen oli laittanut tekstarin, että tulee vielä huomenna keskiviikkona maalaamaan viimeisen kerran. Lopussa oli jotain raidoista, vaikka mun silmä ei erottanut mitään.

Ratikan kirskunta kuului avoimesta ikkunasta. Mietin uutta isoa ruokapöytää. Ikkunoiden väliin sopisi jotain, ehkä viinikaappi. Mietin vielä lattiaa. Keittiön valkoinen ja huoneen mäntyparketti olivat nyt vierekkäin, alumiinilista näytti ihan hyvältä, mutta olisiko pitänyt olla yhtenäinen lattia? Eipä tullut mieleen ennen remonttia.

— Saahan tuon vaihdettua myöhemmin, mutta kato nyt ensin, miten silmä tottuu, oli Laitinen ohjeistanut.

— Nyt se muistuttaa eri aikakausista. On vanhaa, uudempaa ja nyt vielä sun visio. Kerroksellisuutta, niin kuin sanotaan. Mutta jos jossain vaiheessa haluat keittiön uusiksi, niin laita samalla lattia. Silloin se on helpointa.

Laitisella oli pointti.

Laitoin uudessa avokeittiössä pasta all'arrabbiatan ja kiikutin lautasen liian pienelle ruokapöydälle. Pidin toisella kädellä auki löytövihkoa. Mietin, miten pienten paperisivujen kautta avautui reikä kahden ihmisen elämään. Olisko tässä jotain tulokulmaa keissiin? Jos Maarit Stråhle siis kieltäytyisi. Jotain tuntemattomista muuttomiehistä ja asukkaan perintöhuonekaluista, sanattomasta luottamuksesta. Vaikutti ontolta, mutta jotain piti kehittää. Juha vaati jo aanelosta.

Sivuilla oli merkintöjä elintarvikekaupoista ja hinnoista, sohvan ostamisesta. Oli käyty katsomassa Stadionia. Ympäri Töölöä ehostettiin taloja ja pihoja, paikkailtiin asfalttia seuraavan vuoden kisoja varten, mutta "meidän talo tuliteränä ei kaivannut mitään". Kaarlo oli näköjään innoissaan kisoista, Kaisa ei. Temppeliaukion työmaa...

Sitten tuli taas pidempi teksti:

Äiti harmitteli kirjeessä, ettemme ehtineet kesällä vierailla. Toivotti "meidät kaupunkilaiset" maaseutumatkalle kunhan pahin muuttokiire hellittää. Oli kertonut Tyynelle, että kaupungin raja on vain vajaa sata askelta kodistamme ja että siitä eteenpäin silmä näkee vain metsää ja niittyä.

Ja isälle äiti oli lukenut kirjeestäni kohdan, jossa kerroin kulkevani raitiovaunulla ostoksille "keskustaan". Isä oli ponkaissut keinutuolistaan ja kävellyt ulos, sanoi sanomatta että jaloillakin pääsee. Kunhan et turhaan ylpisty, äiti muistutti minua.

Luin useaan otteeseen kohdan, jossa äiti kehui Kaarloa, oli aina uskonut tien olevan auki harmoonitehtailijan ja kansakoulun opettajattaren pojalle. Ja oli hän minustakin ylpeä, meistä molemmista. Vaikka en ollut kuullut vielä mitään Lastenhoitoyhdistyksestä, niin äiti käski olla turhaan murehtimatta. Sanoi minun hoksottimilla varustetun tyttösen kelpaavan minne vaan.

Huolestuttavien uutisten keskellä äidin sanat rohkaisivat.

Kotona Töölössä, 15.8.1939

"Huolestuttavien uutisten keskellä..."

Selasin nopeasti muistiinpanoja. Jotain talon järjestyssäännöistä – ei lasten pallopelejä, ei pesukoneita, ei kotieläimiä, ei minkään muunlaista häiriökäyttäytymistä – Teuvo Tulion Vihtoria ja Klaaraa katsomassa...

Kunnes tulin seuraavaan tekstiin:

Kaarlo huusi että mitään saatanan sotaa ei ole tulossa, lopeta inttäminen. Säikähdin ja juoksin keittiöön. Vähän aikaa meni, sitten Kaarlo tuli, tunnen yhä käden olkapäällä. Ne on muut maat jotka riitelee, me ollaan ja pysytään puolueettomina, hän sanoi. En uskonut, karistin käden olkapäältä. Kerroin sanasta sanaan mitä mattotelineellä puhuttiin, että Molotohvin-Ribbentropin sopimuksen jälkeen ollaan vapaata riistaa.

Kaarlo pyysi lopettamaan moisten puheiden kuuntelemisen, sanoi että liikaa mietin asioita. Sanoin että olisi helpompaa jos hän puhuisi kanssani, eikä vaan pidä kaikkea sisällään.

Hiljaisina mentiin nukkumaan.

Ensimmäinen riita uudessa kodissa. Pahalta tuntuu.

Kotona Töölössä, 24.8.1939

Nousin ja menin keittiön päähän. Kuvittelin, missä he olivat olleet. Ikkunan edessä, tässäkö näin? Vai kenties eteiseen päin? Ei, varmaan Kaisa on mennyt ikkunan luokse, näin, katsonut ulos, pitänyt selkää oviaukkoon. Sitten Kaarlo on tullut, ehkä joutunut avaamaan oven.

Tuntui kuin joku voima olisi ympäröinyt, melkein odotin kuulevani kenkien äänet parketilla ja miehen astuvan sisään, harmaissa housuissa, takki oli varmaan heitetty eteisen tuolille, vain kauluspaita päällä, ilman kravattia ja otsa syvillä uurteilla, puhuen äänellä johon ei itsekään ehkä uskonut.

Ei meidän käy mitenkään, se on varma.
Istuin taas ja otin vihkon. Loput sivut näyttivät merkityksettömiltä, kuin olisi vain kopioitu sanomalehden uutisotsikoita. Jokaiselta päivältä muutama. Ne olivat synkkiä, kerääntyivät sivuille tummien pilvien lailla. Lopulta löysin ilmeisesti viimeisen tekstin, muita pidemmän.

Juuri samalla puhelin tärisi, viesti Maarit Stråhlelta.
"Voitko soittaa?"
Kohta, ajattelin.

En ole vähään aikaan mitään kirjoittanut. En vain ole jaksanut. Matalalla mielellä ei saa nostettua kynää käteen.

Maanantaina 9. lokakuuta soi ovikello. Kello oli viiden yli 16. Kaarlo avasi, ovella seisoi mies esikunnasta univormuineen. Minulta lipesi kahvipurkki räsähtäen lattialle, kuin tunto olisi kädestä sekunnin murto-osassa

27

viety. Sotilas kysyi reservin alikersantti Kaarlo Mäenpäätä. "Minä olen." Teidät on kutsuttu Ylimääräisiin sotilasharjoituksiin, mies sanoi. Tässä kutsussa ilmoitetaan paikka, jossa ilmoittaudutte yhdestoista lokakuuta kello kahdeksan aamulla. Sotilas antoi lapun ja teki tervehdyksen, pahoitteli että kahvia tärvääntyi. Kaarlo nyökkäsi ja veti oven kiinni. En saanut mitään sanottua.

Kaarlo oli toivonut, "mikäli jos sota nyt sitten mukamas joskus tulisi", sijoitusta propagandatehtäviin. Se olisi ollut työn suhteen luontevinta. Kaarlo katsoi osoitteen, katse kertoi muuta.

Kaksi päivää meni kuin sumussa. Pakkasimme tavarat, molemmille kapsäkit, suojasimme huonekaluja, teippasimme ja peitimme ohjeiden mukaan ikkunoita.

Tiistaina Kaarlo kävi työpaikallaan "järjestämässä papereitaan". Odotin pari tuntia, yksin. Mieleen tuli se, mitä olin työntänyt kaikin voimin pois. Entä jos Kaarlo...?

Kaikki tuntui äkisti toisenlaiselta, asunto oli umpinainen ja ahdas. Ei näkynyt vapaata taivasta, vain korkeita taloja ja tiilimuuria. Oli vaikea hengittää, kuin pala kurkussa. Pelkäsin sydämen lyövän ulos rinnasta. Hoipuin koko matkan keittiöstä parvekkeelle, puristin kaidetta. Kun sain henkeni taas kulkemaan, valuin parvekkeen lattialle ja itkin.

Itkin niin kauan että pelkäsin jo Kaarlon löytävän minut avuttomana. Nousin, mukamas järjestelin parvekkeen tavarat, tunsin sormissa taas tuntoa. *Otin kukkaruukun turhana, mutta en päässyt keittiöön, kun loppu pelko purkautui raivona. Huusin ja paiskasin ruukun kaksin käsin huoneen seinään. Pintaan tuli ammottava reikä, ympärillä hajonneen ruukun puna. Kuin rikkiammuttu ihmisen rinta. Tunnustelin varovasti vauriota. Sormenpääni löysivät rosoisen reunan takaa tyhjää tilaa. Kaarlo totesi myöhemmin vain "täytyy korjata". Aavisti kun ei enempiä kysellyt.*

Makasimme loppupäivän ja seuraavan sängyssä, toistemme ympärillä. Kaarlo halusi varoa, pelkäsi josko lapsi syntyisi maailmaa ilman isää. Minä olisin piutpaut välittänyt, isättömiä lapsia hoitamaanhan olin pyrkinyt. Mutta eihän sitä voinut ääneen sanoa, se olisi ollut kuoleman kutsumista.

Keskiviikkona Kaarlo lähti junalla, ilmeisesti Kannakselle. Asema oli täynnä äitejä lapsineen, istuivat matkalaukkujen päällä totisina evakuointijunia odotellen. Kävelin asemalta Töölön läpi kotiin. Nuoret miehet olivat Kaarlon tavoin kadonneet. Lisäsin matkalaukkuuni vielä kortilla saamani kahvin ja sokerin, olisi vanhemmille tuomisia. Linja-auto oli täpötäysi.

Palasin kotiin kuukautta myöhemmin. Näytti ettei sotaa tulekaan, rajaneuvottelut sen kuin venyivät. Tein kodista jälleen kodin. Siivosin, kävin asioilla. Lastenhoitoyhdistyskin ehti kutsua minut palvelukseensa.

Kaarlolta tuli kirje. Ei kertonut missä oli, mutta kaikki oli hyvin. Se riitti. Istuin ruokapöydän ääressä, näin hänet vastapäätä, väsyneenä mutta helpottuneena. Hän kurotti kohti kättäni. Ajattelin kattaa pöydän kahdelle valmiiksi. Kuun viimeisenä päivänä se tapahtui. Pommit alkoivat pudota, samoin kaikki toiveet rauhan säilymisestä. Myöhemmin aivan tähän lähistölle tuli osuma. Väestösuojasta päästyäni kävin katsomassa jälkiä. Kaikki Turuntie 86:n ikkunat olivat särkyneet. Sirpaleet ritisivät kenkieni alla. Kaikki olivat hiljaa. Epäusko näkyi silmissä.

Silloin sen tunsin, syvällä sisimmässä.

Kaikki oli särkynyt.

Istun nyt keittiössä, matkalaukku on taas pakattu. Odotan isännöitsijää, kaikki asunnot käydään läpi mahdollisten vaurioiden varalta. Sen jälkeen lähden.

En tiedä mitä tälle vihkolle teen. Kirjoittaminen tuntuu turhalta, enkä usko että näihin riveihin koskaan haluan palata. Kaarlon piirustusten vuoksi ei sitä sovi poisheittää. Otan sen mukaani tai jätän jonnekin tänne asuntoon.

Kotona Töölössä, vielä, 3.12.1939

Istuin, mietin viimeistä tekstiä. Luin sen vielä uudelleen, selailin taaksepäin. Asunnon ensimmäisten asukkaiden tarina.

Se veti syviin vesiin. Siinä tuntui, että oli uuden alkua, toiveita, paljon lupauksia ympärillä. Mutta sitten väkivalloin tartutaan kiinni ihmisiin ja repäistään heidät kahtia, irti elämän onnellinen loppu, ja viskataan se jonnekin helvetin paskan maailman ääriin. Katselin ympärille. Kaarlo ja Kaisa. Melkein tunsin heidät asunnossa.

Juttu kaipaa epilogia. Tietäiskö faija? Katsoin puhelimen kelloa, ai niin, Stråhle.

"Soitan huomenna, t. K", laitoin menemään.

Soitin faijalle, se oli ihan ok tuulella.

— No moi, ei kummempaa, mulla on tää valokuvaprojekti kesken, joo, liimailen kuvia ja kirjoitan muutamia rivejä. Nää on nyt kaksituhatluvun alusta, landelta, paljon kuvia äidistä.

Kysyin muistiko isä jotain siitä Kontrolli-Kaisasta.

— Ai kenestä, ai se. En mä kyllä tiedä, se oli vähän äitis suvun, siis Mumin ja Vaarin juttuja. Sehän asui siinä sun kulmatalossa.

— Joo, tiedetään. Philippa kertoi samaa.

— Joskus ne puhu, muisteli vanhoja. Kontrolli-Kaisa oli jonkun sortin lastenhoitaja, tai nykyisin ehkä joku lastensuojelun tyyppi. Teki tarkastuskäyntejä perheissä. Oli kuulemma aina ystävällinen, tervehti ja vaihtoi sääkuulumiset. Mutta ei muuta. Piti varmaan lapsista kovasti, kun niitä työkseen hoiti. Omia ei ollut. Mutta jostain syystä pihan lapsia sillä peloteltiin, että jos ette ole kunnolla, niin kutsutaan Kontrolli-Kaisa. Äitis mukaan se aina tehosi. Ehkä se oli kontrolli-sana. Tai kun Kaisa kulki aina yksin mustissa ja oli vakavanoloinen.

Puhelin soi. Mulla oli jo ulkovaatteet päällä, postinkantajan jättämä lehti kainalossa ja ovi auki rappuun. Se oli Maarit Stråhle. Olin yöllä miettinyt muuttofirmaa. Ja Kaarlon ja Kaisan tarinaa. Uusi alku ja mahdollisuus, uusi koti ja elämä. Tuntui, että mun nenä oli kääntymässä parempaan suuntaan. Jotain syntyisi, riippumatta mitä Maarit sanoisi.

— No moi, ehdit ensin, sori, olin vasta lähdössä töihin, vastasin.

— Halusin sanoa että mulla on vihreät arvot ja tykkään kulkea koirieni kanssa luonnossa.

— Okei. Se on ihan jees.

— Et mun on tosi vaikee nähdä, miten tällainen luonnon arvostaminen ja muuttoauton paksut pakokaasut sopii yhteen.

— Ymmärrän.

— Mut sitten sä sanoit viimeksi jotain niistä korvauksista, kertakorvaus, radiosoitto, striimaus, ehkä haastattelut. Niin mä vaan ajattelin, että vaikka tää ei ole mulle mikään rahakysymys, niin sit mä voisin laittaa hyvän kiertämään, vaikka lahjoittaa luonnonsuojeluun, varsinkin jos summa olis suurempi.

Maarit suostui.

Luulin, että olisin heittänyt yläfemman itselleni, mutta kuulin vain laimeat sanat:

— Ok, mä soitan kun pääsen töihin.

Porrashuone, 2002

Sanna Hirvonen

Yksi syy oli unettomuus. Olin ravannut lääkäreillä ja testannut viidet, kuudet tai kymmenet lääkkeet, kokeillut suggestiokasetteja, meditaatiota ja akupunktiota. Olin laskenut lämpötilaa ja hankkinut pimennysverhot, vaihdellut tyynyjä ja ruokavalioita, lukenut öisin proosaa ja tilastoja. Olin pyhittänyt unelle koko valveillaoloaikani, mutta mikään ei auttanut.

Joka yö kuulin, miten hissi tilattiin alas ja ajettiin ylös. Seurasin askelten läpsytystä ja luukkujen kolahtelua, joka kieppui spiraalina takaisin katutasoon. Opin erottamaan lehdenjakajat toisistaan. Yksi laskeutui portaat melkein äänettömästi päkiöillä, toinen tallasi joka askelmalle koko jalallaan. Postiluukkujenkin kanssa oli omat koulukuntansa. Jotkut niistä kiduttivat minut hengiltä.

Minun on vaikea sietää ihmisiä, jotka tuottavat kontrolloimatonta ääntä: paiskovat ovia ja luukkuja, mussuttavat ruokansa ääneen ja ähkivät kuntosalilla huomionhimoisesti. Pää kiinni, tekee mieli huutaa, ettekö tajua, että täällä on muitakin! Tietenkään en sano mitään. Suljen silmäni ja kärsin hiljaa. Kärsin niin paljon hiljaa muista ihmisistä.

Tein siihen aikaan väitöskirjaa, tai yritin tehdä. Olin saanut vuoden mittaisen apurahan. Kun kauden loppu häämötti, piti joka tapauksessa keksiä jotain. Tulin ajatelleeksi, että aamuöisen tuskailuni sijaan voisin yhtä hyvin käydä töissä.

Nukkumisen suhteen uusi työ ei muuttanut tilannetta paljoakaan. Nukuin yhtä vähän tai paljon kuin ennenkin, mutta jotakin voitokasta oli siinä, että hallitsin nyt itse öitäni. Torkahdin illalla, nousin ylös puoli yksi, söin rasian maksalaatikkoa, kiskoin vaatteet niskaan ja lähdin. Työvuoro alkoi yhdeltä, kun lehden ensimmäinen painos saapui pieneen kivijalkahuoneistoon. Otin tavakseni tulla paikalle vähän myöhemmin, jotta hätäisimmät ehtivät pois alta. Jos olin etuajassa, odotin korttelin päässä, kunnes näin maratoonarin, sadeviittanaisen, haudankaivajannäköisen ja parin muun poistuvan kärryineen. Sain lastata lehteni ja tarkastaa jakelulistani rauhassa. En minä ihmisiä vihaa, mutta mieluiten vältän kohtaamisia.

Luulen, että oman rauhan lisäksi tietty suunnitelmallisuus ja ennakoitavuus oli monelle meistä työn suola. Kukaan ei tullut sotkemaan tahtia, kysymään kysymyksiä, millään tavalla yllättämään tai häiritsemään. Sai toimia omalla tavallaan ja hioa rutiinit huippuunsa. Jos teki fiksusti, hyötyi urakasta. Jos teki taitavasti, ei aiheuttanut melua. Minulle se oli itseisarvo. Laskin lehden luukkuun kuin kananmunan kiehuvaan veteen. Asetin sen luukun rakoon, mistä se solahti hiljaa itsekseen eteisen lattialle. Paksut sunnuntailehdet jäivät luukkuun, ja se oli hyvä niin.

Tiesin täsmälleen, miten homma hoidettiin. Kärry jalkakäytävälle seinän suuntaisesti mutta kymmenkunta senttiä irti seinästä. Uusi lehtinippu auki leikkurilla, jos tarpeen. Silmäys jakelulistaan. Yksitoista Hesaria, kolme Hufvudstadsbladetia ja yksi Uutispäivä Demari laukkuun. Nipusta oikea avain käteen, kärryltä kolme askelta ovelle, ovi auki, viisi askelta portaille, neljä harppausta hissille, napinpainallus. Ovi, veräjä, ovi, veräjä, nappi. Hissimatkan aikana ylimmän kerroksen lehdet valmiiksi esille: kaksi Helsingin Sanomaa ja yksi Hufvudstadsbladet. Veräjä, ovi, veräjä, ovi. Lehdet luukkuihin.

Opin nopeasti, mille ovelle pysähdyttiin ja mille ei, mikä kerros ohitettiin tykkänään. Mihin tuli yksi lehti ja mihin useampi. Luulen, että siinä oli enemmän kyse tilallisesta hahmottamisesta kuin nimien mieleen painamisesta. Asiat jäivät kehon muistiin ja niistä tuli automaattisia. Mitä automaattisempaa, sen parempaa.

Joskus matkalla ylös katsoin itseäni hissin peilistä. Siellä oli 36-vuotias kestävyysurheilijan näköinen kuikula, totinen kuivan kesän orava neutraalinvärisessä tuulipuvussa. Ulkonäköni oli minulle se ja sama, tärkeintä oli oikea asenne työhön. Ajattelin, että viestintuojan roolissani olin vähän kuin hemoglobiini. Hissi ja portaat ovat talon verenkierto. Niitä pitkin saapuvat tieto, ravinto ja elämä. Kerrostasanteilla suonet haarautuvat asuntoihin, asunnoissa ne jakautuvat yhä pienemmiksi hiussuoniksi, ja niin kaikki taloon kannettu leviää syvälle huoneisiin.

Toisinaan hississä oli jälki juuri poistuneesta ihmisestä: hajuveden tai tupakan tuoksu. Toisinaan tuoksui ruoka, kun joku teki yöpalaa. Pakastepitsa uunissa, tai ranskalaiset. Harvakseltaan kuului kovaäänistä puhetta tai riitaa, musiikkia tai tv:n ääntä. Suihkun lotinaa tai raskasta kuorsausta. Useimmiten ei kuulunut mitään. Niissä taloissa asuttiin rauhallisesti.

Vielä yksi asia: ruumiin hajua en kohdannut, enkä nähnyt polveen asti ulottuvia postivuoria luukkujen takana. Oletin, että haju olisi voimakas, makea, ellottava. Joku oli sanonut, että silikonimainen. Olin valmistautunut. Jos sellaista tulisi, soittaisin poliisin.

Melkein kaikissa alueeni porrashuoneissa oli häivähdys art decoa. Missä kiiltäviksi maalatut seinät, missä kromikulmainen hissi, missä koristeelliset patterinsuojat. Viivakoristeluja katonrajassa, linjakkaita käsijohteita. Pitkä kalanruotokuosiin kudottu matto johti ulkoovelta hissille.

Varsinkin alussa kiinnitin huomiota siihen kaikkeen. Väitöskirjani aihe liittyi arkkitehtuuriin, nimenomaan 1930-luvun arkkitehtuuriin. Tutkin sairaalarakennuksia. Tuntui hyvältä viettää yöt tutkimuskohteideni läheisyydessä ja hengittää saman ajan ilmaa. Taloissa ja porrashuoneissa tapahtui nimittäin sama asia kuin Töölön sairaalassa ja Naistenklinikassa: vähittäinen siirtymä klassismista funktionalismiin. Sitä pohdin öisin ja katsoin yksityiskohtia. Ajattelin, että hulppeimmat Taka-Töölön porrashuoneet olivat kuin ylellinen vuoraus askeettisessa korurasiassa. Talo saattoi olla päältä ruskehtava tai harmaa mutta ytimeltään eksoottisen värikäs. Komeimpia art deco -aarteita ei minun piireihini kuulunut, mutta ei se haitannut. Asiallinen funktionalismi sopi hyvin.

Yötyöni ohessa jatkoin lausuntojen kirjoittelua Museovirastolle. Arvioin suojeltaviksi esitettyjen rakennusten kulttuurihistoriallista merkitystä. Minusta monet Töölön porrashuoneistakin pitäisi suojella kaavalla. Ihmiset ovat sellaisia, että ahneuksissaan ja ymmärryksen puutteessa ne pistävät paskaksi kaiken. Näkihän sen: alkuperäisten ovien tilalle uutta tammiviilua, mahongin pintaan maalia, eteishallin kiiltävään seinään puolihimmeä Harmony. Sydän itki verta, kun sellaista kohtasi. Porrashuoneiden ansiosta nautin työstäni, mutta nautinnossa oli karvas sivumaku. Aarteita saatettiin tuhota koska tahansa.

Se nimenomainen talo ei erottunut joukosta edukseen mutta ei epäedukseenkaan. Kuusi kerrosta, porrashuoneen sisustus pelkistetyn tyylikäs. Eteishallissa pyöreäkupuiset funkislampetit, hissikuilun etuseinä metallilistojen ruuduttamaa lasia. Korissa tumma puuverhous ja peilejä. Veräjä liukkaaksi rasvattu, varoen suljettava. Portaat mosaiikkibetonia. Postiluukut oli sijoitettu pystysuoraan oven saranapuolelle, mikä antoi lehtien jakamiseen oman erityisen sävynsä.

Kun lähestyin taloa pohjoisesta, näin, että neljännessä kerroksessa valvottiin taas. Minusta näytti, että se oli pieni huone. Seinä oli maalattu siniseksi. Odottiko joku siellä lehteä? Tekikö töitä vai yrittikö nukkua? Minusta sanomalehti ei ole parasta yölukemista, mutta meitä on moneen junaan.

Avasin alaoven vihreätäpläisellä avaimella, astuin sisään ja ajoin hissillä ylös.

Jaoin kolme lehteä ylimpään kerrokseen, kaksi toiseksi ylimpään. Mattilan luukku narahti taas. Asukas ei nähtävästi itse ymmärtänyt öljytä sitä. Mietin, pitäisikö minun tehdä se, kaikkien yhteiseksi eduksi.

Neljännessä kerroksessa sujautin Helsingin Sanomat keskimmäiseen luukkuun. Kun käännyin seuraavan oven puoleen, olin saada sydänkohtauksen. Asetin lehtikäärön luukkuun tavalliseen tapaan, mutta se ei liukunutkaan lattialle. Joku tarttui lehteen ja veti sen sisään.

— Huh, suustani pääsi.

Vilkaisin pimeää ovisilmää. Mitään ei näkynyt eikä kuulunut, mutta oven takana oli ihminen, se oli selvä. Koira se ei ollut, niiden nyhtävän otteen kyllä tunnisti. Säikähdys haihtui vasta, kun pääsin ulos raittiiseen yöilmaan.

Painoin oven mieleeni: neljäs kerros, Paju. Aloin odottaa ja jännittää Pajun postiluukkua. Kun laskeuduin viidennestä kerroksesta neljänteen, vilkaisin ovisilmää. Mitään erikoista ei näkynyt, mutta yö yön jälkeen lehti otettiin kädestäni.

Eräänä yönä Paju puhui minulle.

— Kiitos, hiljainen ääni sanoi.

Paju kuulosti hyvin nuorelta.

Sama toistui seuraavina öinä. Aloin vastata:

— Ole hyvä.

Kun sananvaihdosta oli tullut tapa, päätin reipastua ja sanoa jotain muutakin. Kun Paju oli ottanut lehden ja kiittänyt, kysyin:

— Eikö nukuta?

— Ei, ääni vastasi.

Yhtenä yönä luukusta työntyi näkyviin neljä sormenpäätä. Pieni käsi, lyhyissä kynsissä kulunut musta lakka. Pysähdyin oven eteen ja sanoin:

— Tässä tulee lehti, otatko?

— Joo, anna tähän.

Seuraavanakin yönä käsi oli lehteä vastassa. Vaihdoimme tavanomaiset sanat. Pudotin Hufvudstadsbladetin ja Helsingin Sanomat Nybergin luukkuun. Kun käännyin astuakseni portaita alas, Pajun ovi aukesi. Pysähdyin sijoilleni. Oven raossa seisoi pieni ihminen, minua ehkä kainaloon asti. Paksu ruskea tukka roikkui silmillä. Hänellä oli kalpea iho ja yllään musta t-paita, jossa luki The Cure.

— Oho. Moi, sanoin.

— Moi, lapsi ynähti ja katsoi lattianrajaan.

— Cure. Mäkin kuuntelin sitä... joskus.

Jestas, että tunsin itseni fossiiliksi. Lapsi seisoi paikallaan sanomatta mitään. Minun oli kai kannateltava keskustelua.

— Miten sä valvot tähän aikaan?

Hän kohautti olkapäitään ja oli pitkään hiljaa.

— On kaikkea ajateltavaa, hän sanoi lopulta.

— Niinku mitä?

— No. Saasteet. Kiusaaminen. Lihateollisuus. Lapsisotilaat. Nälänhätä. Homofobia. Kansanmurha. Pakolaiset. Eläinkokeet. Yksinäisyys. Sellaista kaikkea.

Olin mykistynyt. Puhekumppanini ei voinut olla paljon kymmentä vuotta vanhempi. Että joku sen ikäinen edes osasi luetella noin monta ongelmaa! Minäkin olin valvonut, mutta olin suonut tuskin kahta ajatusta lapsille, lihakarjalle tai vieraissa maissa kuoleville ihmisille.

— Voi ei, sanoin. — Tiedän, miltä tuntuu, kun ei nukuta.

Hämmästelin itseäni. Minusta oli tullut melkoinen suupaltti.

— Niin. Mä ajattelin, että voisitko sä olla mulle sellainen yökaveri, lapsi sanoi.

Vilkaisin rannekelloani.

— Eikö sulla ole oman ikäisiä kavereita?

— On mulla... kaksi kirjeystävää.

— Entäs koulukaverit?

— No ne nyt on sellaisia. Ei ne tiedä mistään mitään.

Lapsi rapsutti mustilla kynsillään ovenkarmin maalia. Vaaleita muruja ripisi linoleumille.

— Niin että sulla ei ole omanlaisia kavereita?

Hän nyökkäsi.

— Mutta kai sulla on vanhemmat? Isä ja äiti? Tai jompikumpi? Mummo?

— Isä on, mutta se nukkuu. Eikä se ole mikään kaveri.

Huokasin.

— Mitä siihen yökaveruuteen kuuluu?

— Tämmöistä vaan. Että on joku, jonka kanssa voi jutella.

— Kai se käy. Mutta mulla on tässä näitä töitä, että en mä...

Vilkaisin portaisiin.

Lapsi näytti nolostuvan. Hän veti ovea pienemmälle mutta kysyi vielä sen raosta:

— Mikä sun nimi on?

— Ami. Mikä sun?

— Leea. Heippa.

Ovi sulkeutui.

— Heippa, sanoin ja lähdin portaita alas. En ollut tottunut puhumaan ihmisille. Joskus en puhunut päiväkausiin kenellekään. Ja nyt tällainen keskustelu! Olin niin kiihdyksissä, että minua hengästytti.

Leean huolenaiheet hämmensivät minua. Muistelin itseäni saman ikäisenä. Ajattelin silloin Asterixia, Tinttiä ja Lucky Lukea. Ja vähän jalkapalloa. Mutta mitäpä minä lapsista tiesin. Ehkä jotkut niistä ajattelivat isommin.

Leea tuli ovelle myös seuraavina öinä. Joskus hän vain otti lehden luukusta ja kiitti. Joskus hän avasi oven ja katsoi minua. Joskus hän kysyi, millaista oli tehdä yötyötä. Hän näytti jotakin vampyyriromantiikkakirjaa, jota oli lukemassa. Hän kertoi, että hänen lempikappaleensa The Curelta oli Lullaby.

Joskus mietin, oliko hän valinnut minut jonkinlaiseksi sijaisvanhemmaksi tai varaemoksi. Orvot linnut saattoivat leimautua ihmiseen, ottivat omakseen ja kulkivat perässä. Mitenköhän Leealla meni isänsä kanssa? Vaikka olin imarreltu huomiosta, aikuisen ystävän rooli kammotti minua. Mitä, jos Leea kiinnittyisi minuun ahdistavalla tavalla, haluaisi lähteä mukaan tai tavata päivälläkin? Tuntui tärkeältä pitää tietty etäisyys. En koskaan avannut keskustelua itse. Pikemminkin yritin liueta paikalta heti tilaisuuden tullen.

En enää pystynyt syventymään ritilöihin, betoneihin ja valaisimiin. En ajatellut Töölön sairaalaa. En laskenut askelmääriä tai minuutteja. Yörauhani oli mennyttä. Ennen Leean taloa mietin kohtaamista. Tulisiko hän ovelle, sanoisiko hän jotain? Tapaamisen jälkeen pohdin, mitä hän oli sanonut ja mitä se merkitsi. Mitä hän minulta odotti? Joskus kärry saattoi jäädä vinoon seinän vierustalle tai hissin veräjä rämähtää hallitsemattomasti.

— Sä et tullut eilen, Leea sanoi vapaapäiväni jälkeen.

— Niin. Mä...

— Se toinen tyyppi ei ole yhtä kiva.

— Toinen? Jutteletko sä muidenkin lehdenjakajien kanssa?

Leea oli hiljaa.

En tiennyt, kuka jakoi tämän piirin lehdet vapaapäivinäni, mutta huomasin jollain tapaa loukkaantuvani. Olin mustasukkainen! Päässäni mylleri, kun laskeuduin portaita. Millainen ihminen oikein olin, jos halusin yksinoikeuden onnettoman lapsen kaveruuteen? Ensin välttelin häntä ja sitten pahastuin, kun en ollutkaan ainoa. Työnsin Hiltusen Uutispäivä Demarin vahingossa Vainikaisen luukkuun. Se oli ennenkuulumatonta.

Sen keskustelun jälkeen jokin kohtaamisissamme muuttui. Leea tuli yhä ovelle ja otti lehden, mutta hän oli vähäpuheinen. Minä sitä vastoin aloin jututtaa häntä kuin paraskin sukulaistäti. Kyselin koulusta, perheestä, kesälomasta, parhaista biiseistä. Kerroin juoksuharrastuksestani. Kerroin porraskäytävistä, joissa liikuin öisin. Kerroin keskusteluista, joita olin käynyt lääkäreiden ja farmaseuttien kanssa kirjallisuudesta, lääkkeistä ja muista keinoista kestää tai torjua unettomuutta.

— Tähän sitten lopulta päädyin, naurahdin. — Onneksi löysin yökaverin.

Leea nyökkäsi. Hän vetäytyi ovenraosta sisälle, vaikka minulla oli juttu kesken.

Jatkoin matkaa hämilläni.

Jostain yläkerroksista kantautui imurin ulinaa.

Yhtenä yönä minulla oli mukanani yllätys. Olin löytänyt kirjan, jonka arvelin kiinnostavan Leeaa. *Yöeläjät* oli sen nimi. Hississä mietin, mitä sanoisin kirjasta hänelle. Nimen yhteys meihin kahteen oli ilmeinen. Mutta ajatukseni oli, että ehkä kaunokirjallisuus tehoaisi häneen paremmin kuin minuun. Ehkä se saisi hänet nukkumaan.

Laskeuduin kuudennesta kerroksesta viidenteen, sitten neljänteen. Työnsin lehden Pajun luukkuun. Se valahti lattialle. Odotin.

— Leea? kuiskasin.

Hiljaisuus. Ensimmäistä kertaa viikkokausiin yökaverini ei ollut lehteä vastassa.

Hypistelin *Yöeläjiä*. Olisi ollut mukava antaa kirja Leealle henkilökohtaisesti ja vaihtaa pari sanaa. Mietin, mitä tehdä. Pudotin kirjan Pajun luukkuun ja jatkoin kierrostani.

Seuraavana yönä saavuin taloon jännittyneenä. Olisiko Leea vastassa? Mitä hän sanoisi lahjastani?

Kun pääsin neljänteen kerrokseen ja aloin asetella lehteä Pajun luukkuun, ovi singahti auki.

Edessäni seisoi pitkä mies, jolla oli leveät kasvot ja pysty tukka. Yllään hänellä oli t-paita ja pussottavat verryttelyhousut. Ajattelin, että hän näytti kesken unien häirityltä karhulta.

— Mitä helvettiä tämä on? hän kysyi ja heristi *Yöeläjiä*.

En osannut vastata. En tiennyt mitä se oli. Yökaveruutta. Ei hän sitä ymmärtäisi.

— Kissa vei kielen, Paju totesi. — Oli mitä tahansa, se loppuu nyt. Likka kertoi kaiken. Jos puhut sille vielä, tästä tulee poliisiasia.

Mies ojensi kirjan minulle ja sulki oven.

— Ihme hiippari, kuului vielä oven takaa.

Työnsin *Yöeläjät* laukkuuni, survoin Nybergin lehdet luukkuun vapisevin käsin ja luikin tieheni.

Tunsin itseni suojattomaksi. Kotoisat porrastasanteet olivat äkkiä muuttuneet kolkoksi näyttämöksi, jolla esiinnyin viiden ovisilmän ristitulessa. Minä en nähnyt ketään, mutta pallolamppujen keltaisessa loisteessa olin kaikkien nähtävillä.

Pysähdyin kadulle hengittämään. Aamu kajasti jo Alppilan suunnalta.

Kuljin kierrokseni loppuun. Kotona pudotin *Yöeläjät* kirjahyllyni takariviin.

Valo paloi öisin siniseinäisessä huoneessa, mutta kukaan ei enää tullut ovelle. Lehti tömähti eteisen lattialle, kuten muissakin asunnoissa.

Ehkä Leea kuuli sen. Ehkä hän erotti askelista, että oven takana olin minä.

Lokakuussa valo katosi ikkunasta. Kevättalvella ikkunaan ilmestyi sälekaihtimet. Samoihin aikoihin Pajun nimi hävisi ovesta. Silti melkein joka yö vilkaisin pimeää ikkunaa. Mikään ei enää erottanut sitä muista.

Yöt palasivat ennalleen. Aloin taas luottaa rutiineihini ja muistin, mistä olin työssäni eniten pitänyt. Tiesin, montako askelta milläkin porrastasanteella piti ottaa, miten katuvalo lankesi sisään tietyn tuuletusparvekkeen lasiovesta, miten juuri tämän hissin lattia niiasi allani, kun astuin kyytiin ja miten vaijeri veti hissiä ylös kuin junaa vuoristoradan korkeimmalle huipulle.

Joskus kohtasin ihmisiä porrashuoneissa tai kaduilla, joskus kuulin ääniä asunnoista. Minua ei lähestynyt kukaan.

Jos lehden molemmat painokset tulivat ajoissa, tiesin tarkkaan, miten työvuoroni etenisi. Palaisin jakohuoneelle kello 6.15 ja ehtisin kotiin 6.35. Söisin aamiaista ja selailisin lehteä. Koettaisin nukkua. Joskus se onnistuisi, usein ei.

Siivouskomero, 1976

Tuitu Mikkonen

Taloon tullessani en voinut aavistaa, miten monta vuotta menee siivouskomeron nurkassa kyhjöttäen. Ensimmäinen kohtaamisemme antoi lupauksen jostain ihan muusta. Se oli kesäkuu 1970 ja heidän kolmas hääpäivänsä, kun isäntä kantoi minut ylpeänä kotiin. Vaimo avasi rusetilla koristellun laatikon, katseli ja pyöritteli minua ja kiitteli monin sanoin. Hänkin oli upea näky muodinmukaisessa pikkumekossa ja helmikorvakoruissa. Hän säteili. Tosin näin jälkikäteen näen hänen hymyssään pienen vinon häiveen ja kaulassa takakireyttä, kun isäntä suukotti hänen poskeaan. Lapset, pikkupalleroiset, hihkuivat riemusta, sen muistan ainakin varmasti. Poika oli silloin parivuotias pellavapää. Hän taputteli kylkeäni ja halusi oitis kiivetä päälleni, ja tyttö, hän sätkytteli iloisena äitinsä kainalossa vauvanhahtuvat päälaella ja kaksi helmihammasta suussaan. Siinä oli onnellinen perhe.

Alkuaikoina palvelukseni kelpasivat talon emännälle parin kertaa viikossa. Lapset laitettiin päiväunille, ja me keskityimme kodin kunnossapitoon. Vähän kasvettuaan he tepsuttelivat perässäni, ja tunsin tosiaan kuuluvani perheeseen. Lapset saivat vuoron perään painella nappuloitani ja käynnissä ollessani leijuttaa ilmapalloa ja silkkihiuksiaan ritiläni läpi puhaltavassa lämpimässä ilmassa. Sitä iloa! Lasten leikkiessä minä ja rouva puursimme kuin kaksi sisarta, toinen toistamme tukien ja täydentäen. Kolusimme kaikki nurkat. Mikään ei jäänyt meiltä huomaamatta, ja kun isäntä työpäivän jälkeen ihasteli siistiä kotia, tunsimme ansaittua ylpeyttä työstämme.

Näin mukavasti meni muutama vuosi, vaan eipä kestänyt sisaruus ja solidaarisuus kauempaa. Rouva alkoi muuttua, ja yhä useammin sain kokea, että olen tylsää seuraa ja tiellä. Hän ei tuntunut enää arvostavan yhteisestä päämääräämme. Yhä useammin sain jäädä komerooni. Siellä sitten kuuntelin elämän ääniä, kuuntelin ja kaipasin perheen pariin.

Oli kamalaa seurata, kuinka kunnollinen vaimo muuttui happameksi ja laiskaksi räyskäksi. Silloin kun tulin taloon, hän jaksoi touhuta tunteja väsymättä, mutta ei enää. Ensin tauot olivat vain pieniä tuokioita kahvikupin kanssa, sitten vartteja, tunteja, Hesari ja tupakkaakin. Sain huomata, kuinka siisti kotitakki vaihtui nukkavieruun. Pian hän jo laahusti siivouspäivät ympäriinsä tukka paplareilla, lököttävissä farkuissa ja T-paidassa, jonka alla – en viitsi edes sanoa! Asuvalinnat alleviivasivat akan puuttuvaa kunnioitusta kotia ja tehtäväämme kohtaan. Ja mikä epäsuhta meissä olikaan, sulavat linjani ja pitkälle ylettyvä var-

teni! Minua ei turhaan ole nimetty saksalaisen insinöö-
ritaidon huipuksi, testivoittajaksi.

Kun poika oli täyttänyt kuusi, nainen ilmoitti, että
kotirouvana olo riittää. Hän halusi töihin. Mitkään
isännän esittämät järkisyyt tai vetoamiset eivät riittä-
neet, eukko piti päänsä. Sanoi vain, ettei ole turhaan
luennoilla istunut ja opintolainaa ottanut. Niin laitet-
tiin lapset päiväkotiin ja nainen alkoi hoitaa muita teh-
täviä, rahasta. Koti hiljeni arkipäiviksi, ja minä jäin
yksin.

Pääsin komerosta enää hätäisesti, jos ollenkaan.
Harvoiksi käyneet yhteiset hetkemme muuttuivat pii-
naksi. Nainen oli tyytymätön, kiskoi ja töni päin sei-
niä. Hän käyttäytyi ikään kuin minä olisin syypää
pölyyn ja lasten kenkien sisään kantamaan hiekkaan.
Hän alkoi hutiloida, ja sänkyjen alle jäi alati paksumpi
harmaa matto. Lapset kävivät hiljaisiksi eivätkä liitty-
neet enää seuraamme. Luulen, että he viihtyivät
paremmin paimentamassa nurkista löytyviä villakoiria
ja piirtelemässä piirongin päälle kertyneisiin pölyker-
roksiin. Vaimon kitkerä luonto kävi selväksi myös
isännälle.

— Kai sinäkin osaat imuria käyttää? se tivasi.

— Kuka jätti imurin keskelle lattiaa? se pauhasi.

Pikkulegot ropisivat ja isännän sukat sujahtelivat
sisääni, vaikka kuinka yritin työntää niitä turvaan
suuttimen edestä. Myönnän hykertäneeni jokaisesta

mustelmasta ja lohjenneesta varpaankynnestä, jonka se kanttura sai minua potkiessaan. Ovenpieliin jääneet mustat jäljet muistuttavat edelleen noista ikävistä ajoista. En ihmettele yhtään, että isäntä alkoi viihtyä työpaikallaan ja edustustehtävissään paremmin kuin kotona. Puolisoiden välit kävivät kireiksi, ja sitten tuli sormusepisodi.

Elettiin joulunalusaikoja vuonna 1975. Viikkosiivous oli jäänyt väliin jo useamman kerran, mutta tuona lauantaina vaimo kuitenkin ryhdistäytyi, niin luulin. Aloitimme makuuhuoneesta, aivan isännän vuoteen vierestä. Siihen isäntä heräsikin, ja pariskunnan välille kehkeytyi riita. Nainen kyseli isännän myöhäisestä kotiintulosta ja jostain huulipunasta, en pysynyt ihan perässä. Kierrokset nousivat, ja he käsittelivät yhdellä kertaa pettymyksensä avioelämään, toistensa sukulaisuussuhteet ja kotitöiden jakamisen. Äänet kaikuivat varmasti rappukäytävään. Mittani tuli täyteen, kun akka luetteli halveksivaan sävyyn saamiaan hääpäivälahjoja: sähköpaplarit, hierontakone, leivänpaahdin, karvahattu, kahvinkeitin, imuri. Että kehtasikin niputtaa minut tuohon rupusakkiin! Huudon päätteeksi hän viskaisi sormuksen nimettömästään. Hotkaisin sen letkuuni, mutta sormuksen kivi oli niin kookas, että sormus jumittui suuttimen mutkaan, enkä saanut imaistua sitä pölypussiin saakka. Kun eukko raivoamisensa päätteeksi nakkasi minut siivouskomeron nurkkaan, sormus kierähti ulos ja rullasi jonnekin lattialistan ja korkkimaton väliin.

Tajusin, että oli turha odotella parempia aikoja. Päätin puuttua asioiden kulkuun ja ottaa takaisin sen paikan, joka minulle kuuluu. Akan oli aika lähteä, sillä hän oli laiminlyönyt tehtävämme ja pettänyt minut. Joulusiivousta ennen sain suunnitelmani valmiiksi. Nirhattu sähköjohto pistorasiaan ja verkkovirtaa eukkoon. Harmi vain, että sulake pelasti riivinraudan. Hän pelästyi kuitenkin sormilleen räpsähtänyttä sähköiskua, ja siinä hässäkässä onnistuin kampittamaan hänet johtooni. Tuli aivotärähdys ja sääriluun murtuma, viikko sairaalahoitoa ja joulurauha meille muille.

Koko alkuvuoden olin komerooni unohdettuna. Helmikuussa sinne alkoi tihkua kireää ilmapiiriä ja puolisoiden välisiä tiukkasävyisiä keskusteluja, joissa minutkin mainittiin kerta toisensa jälkeen. Sanat tasaarvo, ero ja avioehto kuluivat ämmän suussa. Yhä uudelleen ja uudelleen hän jaksoi ihmetellä päivänselviä asioita, kuten sitä, että rakkaus on jokaisen ansaittava, vaikka sitten siivoustyöllä. Hän kitisi ja vollotti ja uhkaili lähtevänsä, mutta ei kuitenkaan tajunnut tehdä sitä. Kun yksi tyynyn päälle tyhjennetty pölypussi ei riittänyt, minun oli aika turvautua lopulliseen ratkaisuun. Siihen, jota olin harjoitellut joulusiivouksesta alkaen.

Toista kertaa en epäonnistunut, ja voin sanoa, että tänään on elämäni onnellisin päivä. He palasivat juuri kotiin. Mies laski pikkuleipälaatikot ja silkkinyörein koristellut adressit keittiön pöydälle ja käski lapset vaatteita vaihtamaan. Kohta syötäisiin, karjalanpaistia jäi iso padallinen. Mies ripusti puvuntakkinsa tuolin selkänojalle, löysytti mustaa kravattiaan ja avasi valkoisen kauluspaidan ylimmät napit. Sitten hän sytytti kynttilän vaimon kuvan eteen.

Tässä minä Miele Koskinen nyt olen, keittiön pöydän päässä omalla paikallani. Tänne kuulun ja tänne jään. Perhe on vielä vaisu, mutta olen varma, että ilo ja kirkkaat värit palaavat pian tähän taloon. Isäntä, nyt on sinun vuorosi silittää minua. Palkinnoksi omasta paikastani siivoan murut pöydän alta ja illalla näytän sinulle, mihin muotoilluilla suuttimillani ja säädettävällä imutehollani kykenen. Mutta yritäkin vaihtaa minut uuteen, silloin kuristan sinutkin letkullani.

Parveke I, 1979

Erkki Böös

Kalervo söi huoneenlämpöistä maksalaatikkoa. Hän istui opiskelijaboksin sohvalla ja selasi päivän Hesarin urheilusivuja. Lämmin kesä tunkeutui sisälle parvekkeen avoimesta ovesta. Lähikadun äänet kuuluivat vaimeina. Hissin nousuääni ja sen veräjäoven kevyt vinkuna rappukäytävästä herkistivät syöjän korvat. Avain kääntyi ovessa. Sen täytyi olla Olli, koska Vesa oli edelleen lahden takana Prippsillä vuolemassa kruunuja.

— Skädäm, kato Kale mitä ostin toisesta kesätilistä. Eikö oo makee, sanoo Olli työntäen näkösälle litteää kuvallista pakettia.

— Mikä, mikä, ei kai vaan oikein darts-taulu, hihkui Kale ja haarukasta putoaa puolukkamurskaa matolle.

— Kyllä vaan! Nyt voidaan heitellä kämpilläkin milloin meitä huvittaa.

Kale nousi asuinkaveriaan vastaan, tallasi tahattomasti pudottamansa puolukat mattoon ja tuijotti paketin kylkeä ihaillen.

— Mihis aattelit tän laittaa. Ei taideta ihan tähän olkkarin seinään uskaltaa. Nuutinen sais raivarin, jos seinään tulis reikiä. Ei me tietenkään ohi, mutta jos joku vieraista joskus.

— En hemmetissä tänne sisälle ajatellu. Se verenimijä kapitalisti listis mut, jos me sisälle se. Ei kun laitetaan tiätty parvekkeelle.

Kalervo tarttui seisaaltaan lautaseensa, työnteli kiireellä maksalaatikon loput ylä- ja alahuulen väliin, pyyhki suunsa käden selkämykseen ja röyhtäisi kevyesti, kunnes jatkoi.

— Opa, sussa on ainesta. Tietysti parvekkeelle. Laitetaanko heti?

— Niin ajattelin. Tarttee vaan porata ruuvi päätyseinään ja laittaa maalarinteipistä viiva parvekkeen lattialle.

— Joo, lainataan Vesan poraa ja teriä. Tiän, että ne on sen sängyn alla, muisti Kale. — Onko sulla vielä se mittanauha?

— On, mun huoneessa. Ei kun hommiin.

— Paljonko sen korkeus on ja heittoviivan etäisyys.

— Ai niin. Oisko paketissa.

Ei ollut, eikä tietoa löytynyt mistään muualtakaan. Tietosanakirjaa ei ollut, eikä Teuvo vastannut lankapuhelimeen.

Kesällä 1979 perinteinen mökkitikka oli selkeästi valtavirtaa, mutta englantilaista tikkaa heiteltiin jo innokkaasti Helsingin tietyissä olutpubeissa.

Kalen mielestä taulun voisi laittaa arviomitalla sopivalle korkeudelle. Kale opiskeli seitsemättä vuotta valtsikassa. Se näkyi suurpiirteisyytenä ja helppoina ratkaisuina.

Olli oli toista maata. Neljä vuotta teekkariopintoja johti tarkkuuteen, josta hän saisi vielä joku päivä diplomi-insinöörin oppiarvon. Yo-lakki oli vaihtunut jo ensimmäisen opintovuoden jälkeen siihen tupsulliseen, tosin se oli ollut vapusta alkaen tilapäisesti hukassa.

— Mistä me ne mitat sitten saadaan, voihki Kale. Hän piteli jo innokkaana kädessään Ollin esiin kaivamia viimekesän hankintoja, kolmea volframilla painotettua 25-grammaista tikkaa.

— Mennään Angleterreen. Otetaan parit ja heitellään vähän treeniä alle. Mitataan samalla taulun tarkka korkeus ja heittomatka.

— Ei kun menoksi. Vippaaks Opa sata markkaa. Saat ens tilistä.

Angleterre oli ollut Fredrikinkadulla iät ja ajat, mutta englantilaistyyppiseksi pubiksi se oli muutettu muutama vuosi aiemmin. Darts-radat piirakanmallisine tikkatauluineen ilmestyivät sinne samalla. Poikien mielestä Terre oli lajinsa ehdottomasti paras paikka Helsingissä.

Heitto kulki pitkin iltaa. Kisahaasteita ja voittoja tuli. Pojat heittivät joukkueena toisia pareja vastaan.

Suosituin oli 501, mutta kenguru ja moni muu peli tuli illan mittaan heitettyä. Sihtivetenä kului oluttuopillinen jos toinenkin ennen kuin ilta päättyi ja rento hoipertelu kämpille alkoi.

Molemmat olivat kallistaneet mukia reippaasti, mutta vaikutus tuntui ja näkyi Kalervossa enemmän.

— Hiihi, onneksi muistutit niistä mitoista, sanoi Kale.

— Joku lamppu mullakin sytty, kun se valomerkki välähti. Otithan sä ne paperille, kysyi Olli.

— Eih, eksää muista! Ite kirjotit ne mun käsivarteen hiihihihii!

— Ai niin. Ei muuta kun hissiin ja omaan boksiin. Pannaan taulu seinään.

— Otetaan ensin pientä huikopalaa. Onks sulla jääkaapissa mitään? Mulla on kovin hintsusti, sanoi Kale.

— Sulla mitään koskaan ole. On mulla, äidin laittamia lihapullia.

Keittiö jäi siivoamatta. Olli kiiruhti olohuoneen ja oman huoneensa läpi parvekkeelle. Mukana oli mittanauha, pora, terät ja kiviseinäruuvi, proppuja ja ruuvimeisseli. Lisäksi tarvittiin maalarinteippiä ja varmemmaksi vakuudeksi vatupassi.

— Kohta otetaan kuule Stenbäckinkadun mestaruuskisat! Taulu vaan seinään ja heittämään. Tuo se jatkojohto. Tarvittaisko me jalkalamppua? Ei me semmosta. Kuukausi juhannuksesta, valoisa kesäyö.

— Kohta tulee joulu, hekotteli Kale.

Ollia asuntokaverin hihittely oli huvittanut silloin aluksi, mutta nykyisin se tuppasi nyppimään. Näin kännispäiten vähemmän.

— Älä saatana Kale tommosta ala. Näytä se kätes, niin saan mitan. Korkeus 173 senttii. Ja kynä, hae jostain kynä.

— Muistakshää Opa ku mä heitin niitä veljeksiä vastaan kengurussa sen voittoheiton? Oli meinaan hieno. Tä, oliks Opa? Muistakko sen?

— Oli se. Entäs se mun vika tuplakutos lopetus 501:sessä. Sitä rillipäätä ja sitä pyylevää, sitä ihme tyyppiä, sitä samettihoususta vastaan. Mikä heitto! Oltii kovia jätkiä.

— Vähä parissa viimesessä pelissä meilläki lipsu. Vissii tankkaus meni pitkäks, hihi hiihihihii.

— Pitele nyt sitä mitan alapäätä ja lakkaa hihittämästä. Merkkaan korkeuden tähän parvekkeen päätyyn. Sata seitkyt ja kolme senttiä, tossa. Tohon tulee ruuvi. Oli siellä kaupassa näihin taulukaappejaki, mutta olivat niin saatanan kalliita.

Olli yhdisti sähköjohdon porakoneeseen, Kale jatkojohdon Ollin huoneen pistokkeeseen. Olli oli kesätöissä Haka-rakentajilla. Piti itseään lähes ammattimiehenä. Hän oli sentään tekniikan ylioppilas ja kirvesmiehen apumiehenä rakennuksilla.

Homma käynnistyi haastavasti.

— Mitä nyt tapahtui, kysyi Kale, kun näki poran nytkähtävän sivuun.

— Vittu ko katkes terä.

— Älä huuda. Kuulee tässä nyt, kun et pyöritä sitä poraa. On sulla onneksi toinen terä.

Olli vaihtoi uuden kiviporaterän ja jatkoi hommaa. Aivan helvetillinen meteli saatteli päihtynyttä poramiestä työssään. Talo oli tehty 30-luvun lopulla. Silloin kun vielä rakennettiin kunnollisista aineista, kestämään aikaa. Parvekkeen päätyseinä oli paikalleen valettua betonia. Sen seassa oli kivimursketta. Ei tahtonut pora pystyä siihen.

Olli ja Kalervo eivät touhultaan huomanneet, että kesäisen hellepäivän jälkeinen yö oli kaunis. Kevyitä poutapilviä lipui taivaalla. Kun pilvi väistyi, nouseva puolikuu antoi lisävaloa muutoinkin valoisaan yöhön.

Poraamisen runkoääni kello 01.47 ei miellyttänyt talon muita asukkaita. Oli kuin hammaslääkärin porakoneen vonkuna olisi vahvistimien kautta ohjattu joka ainoaan asuntoon. Valoja syttyi useisiin ikkunoihin.

Ensimmäiset ovet avautuivat rappukäytävään. Rouva Hyyryläinen työntyi unisena ulos asunnostaan ja solmi rusettia kauhtuneen, punaisen aamutakkinsa vyöhön. Taloyhtiön hallituksen puheenjohtaja Matomäki sadatteli sänkynsä vieressä ja kaivoi sitten samettihousunsa makuuhuoneen tuolilta. Hänen vaimonsa Kerttu Matomäki hyssytteli miehensä kirosanoille tietäen 45 vuoden avioliittokokemuksella, että se vain kiihdyttäisi Raimoa. Mutta Kerttu ei pystynyt olemaan kommentoimatta.

— Se on siinä. Vähän tuli iso reikä, mutta naputtelen siihen tän propun. Anna vasara, pyysi Olli assistentiltaan.

— Kuuluuks tuolta alhaalta ääniä. Kuuleksää Opa?

— Mä mitään kuule. Kato onks siellä joku, sanoi Olli ja paukutti propun vaivalla poraamaansa reikään.

Kalervo tuijotteli kaiteen yli, kun uusi käsky tuli. Tarkempi katsominen jäi.

— Anna hei se meisseli, saan tän ruuvin kiinni. Noin... ja vielä vähän. Hyvä tuli.

— Khokeillaan, mä laitan ton taulun paikalleen, sanoi Kale oluesta ja vähän jo väsymyksestäkin harittavin silmin.

— Älä epäile. Kyllä kestää, kun ammattimies laittaa, vakuutteli Olli. — Ota mitasta kiinni. Katon vielä sitä sun kättäs, 237 senttiä taulun etureunasta. Älä, älä kuule päästä irti.

— Moon vissiin kännissä, tirskui Kale, tarttui uudestaan sormista livahtaneen mitan päähän ja vei sen parvekkeen harmaaksi maalatun päätyseinän viereen.

— Just riittää mitta. Tää parveke on 3 ja 10. Mahtuu hyvin heittämään. Mihin se maalarinteippirulla meni? Tossa.

— Ai niin, oli siellä alhaalla porukkaa, viis tyyppiä.

Ollin vielä viimeistellessä työtään, Kalervo työntyi taas kaiteen yli.

— Ne tuijottaa tänne ylös. Mä heilutan niille ja voin mä morjestaakin. Terve teille, kuis siellä alhaalla menee, huusi Kale.

— Perkele, oisit nyt hiljaa.

Olli esteli kaveriaan tajutessaan uuden käänteen, mutta kurkisti sitten itsekin pihamaalla olevaa ryhmää.

— Tekö siellä pidätte sitä hirrrvittävää meteliä! Ettekö te ääliöt tajua mitä kello on, unesta möreä miesääni huusi. Se kuului hallituksen puheenjohtaja Matomäelle.

Raimo Matomäki, jonka yöpaita repsotti vakosamettihousujen päällä, jatkoi naama punaisena huutoaan purjehduslakkinsa alta. Huudon kohteena oli kaiteeseen nojaileva Kalervo. Olli oli vetänyt päänsä näkymättömiin.

Rouva Hyyryläinen seisoi puheenjohtajan vieressä toinen käsi sojossa sivulle. Kaikki talossa puhuivat Rouva Hyyryläisestä, mutta oikeasti tämä oli varttuneeseen ikään ehtinyt neiti. Hän oli ottanut hihnan päähän rottweilerinsa Rontin. Käden sojottaminen johtui siitä, että Rontti kiskoi talutinta ja haukahti ärhäkästi Matomäen huudoille. Kesäyössä kivitalojen välissä kaikuva uhkaava koiranääni sai Kalervon pelästymään, mutta hän ei vetäytynyt asemistaan.

Kolmantena, tai jos Rontti lasketaan, neljäntenä paikalle oli saapunut oikea rouva, rouva Mattila. Tämä tyrkkäsi kätensä leveille lanteilleen, käänsi päänsä ylös niin, että tummien hiusten niskanuttura taipui kohti ristiselkää.

— Mitä ihmettä te oikein siellä touhuatte. Ei tähän aikaan saa mitään remonttia tehdä! Ihmisten pitää saada nukkua. Meillä poika heräs ja se on teidän syytä, huusi rouva Mattila kohti parveketta.

— Ei me khuule mitää remonttia. Panttiin vaan tikkataulu seinään, kun Opa osti uuden ja me..., soperteli Kale ymmärtämättä tilannetta. Olli nykäisi hänet hihasta hiljaiseksi.

— Voinks mää tulla kans heittelee, sanoi se viides hahmo alhaalla.

Hän oli opiskelija Markku Terävä, jolla terävä oli vain kieli, joskaan ei nyt. Markku asui kakkosessa.

Hän oli liittynyt katutason porukkaan suoraan kaupungin hulinasta ja hänkin oli aika lailla sivulaitaisessa.

— Mitään ette enää heittele, tai minä tulen heittämään teidät sieltä parvekkeelta alas, huusi Matomäki, jolla juttu kääntyi todellisen kiukun puolelle.

— Kyllä varmasti heitetään, huusi Kale harmistuneena yläilmoista.

— Kerran vaan kokeillaan ja sitten saa olla, huusi Olli taaempaa rauhoittelevasti.

Vuokrasopimus oli Ollin nimissä ja tilanne haisi uhkaavalta sen suhteen. Alkukesän bileiden jälkeen taloyhtiöltä saatu varoitus painoi vaa'assa. Se oli jo toinen vuoden sisällä ja vuokraisäntä Nuutinen oli uhannut häntä häädöllä sen jälkeen. Olli ei halunnut punaista korttia.

Talon ikkunoihin syttyi yhä uusia valoja, ikkunoita ja ovia aukesi. Tällä kertaa syy oli eniten Matomäen ja Rontin karjahduksissa. Talon edustan pihanurmelle ja parvekkeiden alle kadun laitaan kerääntyi lisää asukkaita silmät sikkuralla. Puheensorina oli melkoinen. Katseet kääntyivät tulijoillakin yläparvekkeelle, johon rouva, tai siis neiti Hyyryläisen tanakka etusormi topakasti osoitti.

Parvekkeella Kale heitti jo koekierrosta. Ei mainittavaa menestystä, mutta taulussa kaikki. Saavutus sekin tällaisessa häiriössä. Kale ei malttanut olla huomauttamatta siitä, vaan huusi alhaalla oleville:

— Olisitte shaatana hiljaa siellä alhaalla. Mölyätte kuin pahaiset kakarat. Eihän täällä saa edes heittää tikkaa rauhassa.

Se oli paha tikki. Mölinä ja sadattelu nurmikon tasolla lisääntyivät. Osa paikalla olevista heristi sanojensa tueksi nyrkkiä pahaenteisesti, mihin Rontti-koira vastasi omalla tavallaan. Rouva Hyyryläinen oli ylöspäin huutaessaan löystänyt huomaamattaan otetta Rontin remmistä. Seurauksena oli rottweilerin purema tuoreesti paikalle tulleen rouva Mattilan aikamiespojan housun persauksessa. Harmillista, että kangas ei riittänyt Rontille, vaan miehen kankkuunkin oli auennut iso verta vuotava palkeenkieli. Huuto kiihtyi itseään ruokkivaksi. Sekasorto alkoi olla melkoinen.

Samaan aikaan Stenbäckinkatua lipui poliisin sinivalkoinen Saab 99. Vuorossa oleva virkavalta näki melkoisen väkijoukon kerääntyneen outoon aikaan kerrostalon edustalle. Tilanne näytti uhkaavalta. Nyrkkien heiluttelusta ja huutelusta saattoi päätellä väkivaltaisuuksien olevan käsillä. Oliko joku jo haavoittunutkin? Sinitakkeja tarvittaisiin kiireesti. Auto kurvasi tiukasti katukäytävän poikki taloyhtiön nurmikolle parvekkeiden juurelle.

Ylhäällä Olli oli saanut heittovuoron. Ensimmäinen tikka paukahti keskelle numeroa 20, huippuheitto. Kale katsoi ihaillen Opan viileän rauhallista työskentelyä. Toinen tikka napsahti aivan äskeisen viereen, taas numeroon 20. Mikään ulkopuolinen ei tuntunut häiritsevän nuorta tikkavirtuoosia.

— Olet shää Opa aika kone. Kolmatta et kyllä siihen saa. Jos saat, niin annan sulle mun viimeisen kaljan jääkaapista, nostatti kaveri toisen paineita. Alhaalla vanhempi konstaapeli nousi autosta, samoin kuskina ollut nuorempi. Yleinen huuto ja syyttely hyytyivät, mutta vain sekunniksi. Sitten kädet alkoivat taas osoitella ylös ja ilmassa oli lukuisia selityksiä samanaikaisesti. Ronttikin nosti toista etutassuaan parveketta kohti ja vaikutti katuvaiselta vilkaistessaan rouva Mattilan pojan suuntaan.

Olli keskittyi parvekkeella illan viimeiseen heittoon. Hyvin tasapainotettu darts-tikka lähti tottuneen heittäjän kädestä lentoradalleen loistavassa suunnassa. Tikka halkaisi englannin lipuilla koristellut muoviperät vilkkuen yöllisen ilman kuin tarkkaan ohjelmoitu ohjus. Se sai runkoonsa heijastuksen heinäkuun kuutamosta ja painui vastustamattomasti kohti numeroa 20. Kalen suu loksahti auki. Harittavat silmät ja hitaat aivot tajusivat himoitun, viimeisen Karhu-oluen siirtyvän kohta Opan huulille.

Ollin tikka matkasi todella samaan nippuun kuin kaksi aikaisempaa, mutta juuri ennen tauluun iskeytymistä sen kärki törmäsi edellisen tikan volframi-rungon pyöristettyyn kulmaan. Tikan suunta muuttui jyrkästi. Se poukkasi vauhdilla parvekkeen kaiteeseen ja siitä kunnon kaaressa kohti alla olevaa ja ylöspäin vilkuilevaa väkimassaa. Vanhempi konstaapeli Tähtinen kuuli metallisen kaidekosketuksen ja näki kuutamon valossa nuolen lailla alas syöksyvän esineen. Sen perässä oli jokin lentorataa suunnassa pitävä pyrstö. Hämärästi Tähtinen yhdisti juuri kuulemansa puheet tuohon alaspäin putoavaan kiitäjään.

— Varokaa! Vanhempi konstaapeli Tähtinen huusi lujaa levittäen kätensä ja peläten itsekin pahinta.

Ennen kuin kukaan tajusi, Ollin tikka työntyi satunnaiseen maaliinsa.

Olli ja Kalervo kurkistivat alas. Kaikki paikalle kerääntyneet olivat hiljentyneet.

Siinä se sojotti, ihan keskellä. Tämän yön tikkafinaali oli päättynyt.

Parveke II, 1979

Erkki Böös

— Mikä se sun uus kämppis on, Olli kysyi, tuijottaen alaviistoon lähikadulla kulkevaa farkkutakkista miestä.

Ei vastausta. Kalervo torkkui tuolillaan. Parvekekaiteen vesipisaroista heijastui auringon säteiden kirkas valospektri. Olli nojasi kaiteeseen välittämättä käsivarsien ja pikeepaidan vatsankohdan kastumisesta.

Hän katsoi vasemmalle kauas pääkadulle, näki päättyneen kesäsateen jättämät lätäköt, läheisen Mannerheimintien liikenteen ja yksittäisiä kävelijöitä elokuisella katukäytävällä.

Sivukadulla, suoraan parvekkeen edessä työnsi nuori äiti lastenvaunuja. Nainen pysähtyi, kurkisti harson taakse, hymyili sinne ja jatkoi matkaansa. Olli yritti kuroa langanpäitä äidin ajatuksista ja uuden elämän ihmeestä, mutta huomasi, ettei saanut niistä kiinni.

Eilinen ilta verotti voimia. Aamun käynti maauimalassa ja ihana juttuhetki siellä olivat virkistäneet, mutta se ei kantanut iltapäivään asti.

Hänen pitäisi puhua asiasta Kalen kanssa, ehkä jo tänään.

Kalervo nojasi päätään parvekkeen sivuseinään. Puinen klaffituoli inahti, kun hän korjasi laiskasti asentoaan. Auringon säteet osuivat kiinnipainuneille silmäluomille ja vasemmalle poskelle. Ne ylsivät myös rintaan ja punaisten urheilusortsien paljaaksi jättämiin jalkoihin. Maan elämää ylläpitävän taivaankappaleen antama lämpö teki hyvää. Tahmea suu maistui eiliselle, mutta illan mukavat muistot tasoittivat muutoin vaatimatonta oloa.

— Mikä tyyppi se sun uus kämppis on, toisti Olli.

— Ja missä hiton skutsissa se boksi olikaan?

— Just niin, skutsissa, sanoi Kale ja raotti varovasti verestävää silmäänsä. — Se on joku aika uus opiskelijakämppä, jossain huitsin Tikkurilassa. Mut mä oon Pertun kanssa vaan sen aikaa, kun löydän paremman mestan. Se lupasi majottaa mut korkeintaan pariks kuukaudeks. Perttu on mun luokkakaveri Joensuusta.

Irtisanomiskirje vuokraisännältä oli tullut viikko sen harmillisen tapahtuman jälkeen. Kirjeessä asunnon omistaja Nuutinen viittasi yhtiöjärjestykseen, hallituksen antamiin varoituksiin ja siihen viimeiseen juttuun.

"Huoneisto pitää olla tyhjä elokuu loppuun, tai haen teille häädön" oli kuulakynällä kirjoitetussa kirjeessä lukenut. Mitäpä tuohon voi sanoa tai tehdä. Olihan noita tapahtumia ollut.

— Se oli sitten viimeinen ilta kämppiksinä, sanoi Olli tuijottaen alhaalla näkyvää taloyhtiön nurmikkoa.

— Joo, ainakin näillä näkymin, kuittasi kohta entinen yhteisen jääkaapin jakaja.

Vuokrasopimus oli Ollin nimissä, Kale ja Vesa olivat papereissa hänen alivuokralaisiaan. Ollin oli ollut käytännössä pakko hyväksyä irtisanominen ja kaikkien kolmen hakea uusi katto päänsä päälle. Hankalaa näin loppukesästä, kun uudet opiskelijat olivat vallanneet vuokramarkkinan. Vesa oli edelleen kesähommissa Tukholmassa ja sanoi puhelimessa tulevansa vasta kun löytäisi uuden asunnon Hesasta.

— Oli se Nuutinen musta kumminkin turhan niuho, kommentoi Kale ahmien iholleen elokuun lopun aurinkoa. — Vaikka olihan siinä se poliisijuttukin.

Kale kelasi päänsisäisellä filmillä monesti muisteltua hetkeä. Hän näki silmissään, kuinka darts-tikka sukeltaa läpi heinäkuisen yön kohti tummansinistä poliisiauton kattoa ja iskeytyy kirskuvan äänen säestämänä siihen pystyyn.

— On siitä lapsille kertomista. Vieläkin naurattaa ne hölmistyneet poliisien naamat, hihitteli Kale ja polki vakuudeksi oikeaa jalkaansa parvekkeen harmaaksi maalattuun betonilattiaan.

— Naurattaa, ja sitten taas ei, kommentoi Olli. —
Siinä meni melkein koko mun heinäkuun tili. Mutta
minkäs teet, vahinkoja sattuu.

— Olis ne paskalakit silti voinu jättää jutun silleen,
sanoi Kale raukeasti.

Tavallaan ne jättivätkin. Poliisi ei nostanut syytettä.
Olli muisteli mitä termiä tutkija oli käyttänyt. "Tois-
ten turvallisuuden vaarantaminen", tai jotain sinne
päin. Jättivät tutkimatta, kun hän oli myöntänyt vahin-
gon ja korvannut reiän Saabin katossa.

— Mut oli ne kolme heittoa hienoja, vai mitä. Pai-
neen alla kolmas tikka samaan läjään, suoraan kah-
teenkymppiin, hehkutti Olli kesäöistä tähtihetkeään.

— Niin, tai olis menny. Mutta kun otti se kolmas
kimmokkeen tikan rungosta, ja vielä pompun tosta
kaiteesta yötaivaalle.

Pojat hiljenivät muistelemaan. Onneton sattuma, se
pomppu. Muu häslääminen meni nuoruuden uhon ja
kännin piikkiin. Kaiken Olli oli myöntänyt seuraavana
päivänä kuulusteluissa.

No, mitäs noista vanhoista. Kohti uusia seikkailuja.
Olli kääntyi katsomaan tuolilla notkuvaa asuin-
kumppaniaan.

— Et sitten pyytänyt päästä Annen kämppään. Vie-
läkö te styylaatte?

— Mitä mä sinne, eikä se varmaan olis ottanutkaan. En edes kysyny.

— Eikös se oo ihan kiva muija?

— No joo, tai en mä nyt niin tiedä. On ollu viime aikoina vähän hiljasempaa.

— Miten niin? Sähän olit vielä alkukesästä ihan lääpälläs siihen. Oli se täälläkin monta yötä. Mukava ja hyvärunkoinen nainen, häh?

— On joo, sillai. Mutta kun mä en oikeen haluu vakiintuu. Naiset aina rupee määräilee ja sillai, vaikersi Kale.

Hän raapi hermostuneena polvitaivettaan. Ihottuma oli kesäisin auringonpaisteen jälkeen paljon parempi, mutta hermostuminen nosti sitä pintaan.

— Lopetithan sinäkin keväällä sen Tuulin kanssa. Hyvät perseet silläkin oli.

— Niin, tai yhdessä me se sovittiin. Juteltiin paljon ja todettiin, ettei meillä ole oikein yhteistä kieltä, tai niinku, samoja kiinnostuksen kohteita. Alkukiihkon jälkeen se huomattiin, molemmat.

— No mitäs sitten ihmettelet, tokaisi Kale ja nojautui tuolissaan taaksepäin.

Olli vaikeni hetkeksi. Hän katseli alas parvekkeelta näkemättä muuta kuin omat ajatuksensa. Haastava aihe heillä, mutta Ollin piti jatkaa.

— Mitäs se mulle kuuluu. Luulin vaan, että teillä oli paljon yhteistä. Annekin tykkää olla luonnossa, bongata lintuja ja sekin tekee pyörälenkkejä. Fiksukin se on.

— Mä en kestä, kun se on niin, niin fiksu! Pelottaa semmoset naiset. Eikä se vitun pyöräily mua oikeesti kiinnosta.

— Hei mies, me ollaan kohta 80-luvulla. Täytyy tottua siihen. Naiset on samanlaisia kuin mekin. Niillä on oma tahto ja tie.

— Menkööt sitten omia teitään, sanoi Kale heilauttaen kättään tuskastuneena samalla kun Olli yritti selittää ajatustaan.

— Mä tarkotan, että kyllä niitten kanssa pärjää, kun ottaa ne tasavertaisina.... Mutta kuulostaa siltä, että homma on teillä ohi.

Kale nousi tuoliltaan, nosteli kesäsortsejaan ja lähti harmissaan sisälle. Hän meni Ollin huoneen läpi, potkaisi paljaan pikkuvarpaansa lattialla käyttäjiään odottavaan imuriin, hypähti, kirosi ja jatkoi vessaan.

Ollia oli aina ärsyttänyt Kalen tapa jättää vessan ovi auki. Nytkin hevosenkuset lorisivat pönttöön. Varmaan se taas roiskutti ohi ja jättäisi kannen auki. Vessan sentään veti. Olli kuuli sisä-äänet katsoessaan pihakoivussa kisailevia västäräkkejä. Kolme tämän kesän poikasta. Pärjäsivät jo täysin ilman vanhempiaan. Ensimmäiset syysmuutot olivat jo käynnissä.

Olli hätisti ötökän poskeltaan ja ajatteli Tuulia. Reilu tyttö, mukava ja kauniskin. Olli oli tavannut hänet sattumalta yliopiston taidenurkassa viime syksynä. Tuuli oli sellainen aito runotyttö. Hän luki kirjallisuutta ja istui viikonloput kirjoituspiireissä. Olli tiesi omat kiinnostuksensa. Kärjessä keikkuivat uudenlaiset tekniset laitteet, urheilu ja lintujen bongaus. Heillä ei oikein natsannut. Ero oli kaduttanut hetken, mutta ei todellakaan enää.

Kale tuli takaisin parvekkeelle ja nojautui kaiteelle Ollin viereen.

— Pitäiskö mun? Oon mä sitäkin miettinyt.

Olli säpsähti ajatuksistaan.

— Niin mitä sun pitäis?

— Olen mä miettinyt sitä Annen kanssa olemista. Se on hieno nainen, lääkiksessäkin. Sen perheellä on iso mökki Nauvossa. Olis hienoa käydä siellä taas. Oltiin viime kesänä pari kertaa ja niiden porukatkin oli siellä. Saatiin olla eri rakennuksessa yötä.

Olli tarkkaili vakavoituneena Kalervoa. Hän suoristi selkänsä ja terhistäytyi kuuntelemaan.

— Mutta kun se ei vaan onnistu, jatkoi Kale. — Mua on viime aikoina jotenkin ruvennut nyppimään. Kai se on jotain siinä, kun Anne on aina niin reipas. Ja aina se tietää kaiken.

Olli katsoi Kalea, kurtisti kevyesti otsaansa ja avasi huuliaan, ei kuitenkaan sanonut mitään.

— Älä käsitä väärin. Ei se mikään päällepäsmäri ole, mutta musta tuntuu, että mä en saa olla rauhassa. Sillon kun mä haluun. Tiät kai. Kyllä miehen pitää saada olla. Säkin aina sanot, että haluut kulkea omia teitäs.

— Tietysti pitää olla omaa tilaa, aloitti Olli. — Jos susta tuntuu tollaselta, niin homma on selvä. Ajattelin vaan kysellä, että jos te ette ...

Kadulta kuului voimakas moottorin ääni. Nuoret testosteronin levittäjät tajusivat heti mistä se tulee. Poikien ikäinen tyyppi farkuissa ja hihattomassa nahkaliivissä väänsi kahvasta, käski isoa prätkää oikein kunnolla. Triumph Bonneville imi 650 kuution voimalla kesäistä asfalttia selkeää ylinopeutta.

— Tommosen mä vielä joku päivä hankin, huokaisi Kale.

Hän kurkotti napaan asti kaiteen yli kohti kadun päässä vilahtavan brittiläisen ihannepyörän kirkkaanpunaisena loistavaa takavaloa. Hidastaessa Trumpan pakoputki paukkui oikein kunnolla.

— Sytytyksen säädöllä tuollaisen äänen saa. Pakko oli kovankin jätkän jarruttaa risteykseen, tuumasi Olli ja veti päätään takaisin parvekkeen puolelle.

Hetken hiljaisuus seurasi moottoriunelman keskeyttämää keskustelua. Kalervo puhkaisi sen.

— Mitäs näistä. Perttu tulee tunnin päästä Tippa-Rellullaan hakemaan mun vähät kamat ja sitten se on morjens. Voitasko heittää vielä kierrokset tikkaa? Vähän niin kun vanhojen aikojen kunniaksi.

— Ei se käy. Tikat jäi illalla Masalle ja taulu on muuttolaatikon pohjalla.

— Ok. Kuule Opa, jääkaapissa on kaks kaljaa. Otetaan ne pois. Sun kanssa on ollu kiva bunkata. Ja se oli yhtä paljon mun vika, että jouduttiin ulos tästä. Turha tämmöstä on murehtia.

— Oikeessa olet. Hyvin tää on menny, asuminen.

Olli oli viimeisen vuoden aikana tiedostanut muuttuneensa. Samalla ajatuserot kämppäkavereihin, Vesaan ja erityisesti Kaleen, olivat kasvaneet.

— Mä haen kaljat. Pullosta varmaan, lasit on pakattu, sanoi Olli mennessään keittiön suuntaan.

— Joo, joo. Muutenkin se maistuu paremmalta pullon suusta.

Olli oli jo jääkaapin oven kahvassa, kun Kale huusi perään

— Sopiiks, että mä saan sen Sandelsin. Sä tykkäät kummiskin siitä Karhusta, porilaisesta.

— Ilman muuta ja muuta ilman.

Pojat kilistivät parvekkeella pulloja kesälle ja toisilleen. Ensimmäiset kaljaryypyt aamuyön jälkeen. Siinä kohtaa häipyi illan kapakkakierroksen tankeus.

Edellisenä iltana Kale oli pakkaamisen jälkeen tullut Ollin kaverien kanssa lähikentälle futista pelaamaan. Sen jälkeen porukka meni Hietsulle uimaan. Joku oli hakenut matkalla muovikassillisen kaljaa ja kaunis kesäilta päättyi viihteelle. Elokuun lopun kunniaksi.

— Kaikki loppuu aikanaan, mutta hyvin on pärjätty kolmistaan, vahvisti Olli yhteisen ajatuksen.

Kale murahti vastaukseksi, mietti hetken ja avautui.

— Kyllä se vaan on sillai, että tämä poika lähtee Tikkurilaan ottamaan vauhtia uuteen elämään ja opiskelusyksyyn. Se mun ja Annen juttu on totaalisen ohi. Viime kerralla kun tavattiin, mä yritin sanoa sen sille aika suoraan.

— No mitäs se tuumi?

— Ei kai se sille mikään yllätys ollu. Ei me olla enää viime aikoina sillai paljoo tapailtu. En mä oikein osaa naisten kanssa vakavista puhua. Se oli samaa mieltä, tai niin mä sen ymmärsin. Loppu se kumminkin on.

Aurinko meni pilveen ja jätti pojat mietteisiinsä. Kalervo istahti takaisin parvekkeen ainoalle, hilseilevän lakan peittämälle tuolille. Hiljaisina molemmat ottivat ryypyn oluistaan. Se maistui.

— Otatko sä ton imurin, kun lähdetään, se tais olla edellisten jättämä, kysyi Kale nypätessään kolhussa irronneen nahanpalan varpaastaan.

— En taida. Sain sen johdosta aikamoisen sähköis-
kun eilen.

Olli katsoi kadulle ja huomasi vastakkaisella katu-
käytävällä nuoren naisen ja miehen. He pitivät toisiaan
kädestä ja juttelivat vilkkaasti. Tyttö naurahti ja poika
vastasi siihen. Ehkä hekin olivat opiskelijoita niin kuin
hän, tai ainakin rakastuneita.

Olli veti syvään henkeä. Aurinko tuli esiin poutapil-
ven takaa. Hän kääntyi Kaleen päin ja rykäisi.

— No sittenhän sua ei... tai siis, halusin kuulla sulta
ensin. Niin, me juteltiin Annen kanssa aamulla uima-
stadionilla, takelteli Olli.

Kalervo ei oikein saanut kiinni Ollin puheesta. Hän
kääntyi hölmistyneenä katsomaan tätä.

— Me ollaan viimeisen kuukauden aikana tapailtu,
pyörälenkeillä. Ja kerran Anne tuli Virvan kanssa
Lönkan Squash-hallille, sinne missä mä paljon pelaan.

— Niin, sanoi Kale.

— Niin, sitä vaan, että nyt me seurustellaan. Mä
muutan yhteen Annen kanssa.

Keittiö, 1976

Kirsi Rajapuro

En muista, minkälaiset hiukset hänellä oli. Muistan hänen kaunokirjaimisen käsialansa. Säntillisen, tasakokoisen, aina samanvärisellä kuulakärkikynällä vaaleanvihreälle Airmail-paperille kirjoitetun. Tunteita ei käsialasta saattanut arvata, ne piti lukea rivien välistä, huutomerkeistä, kolmesta pisteestä...! Kirjekuoret olivat myös samankokoisia, osoite aina yhtä huolellisesti tekstattu. Niitä kerääntyi kymmeniä sen vuoden aikana.

Olin ottanut selvää, missä hän asui. Kotona lojuneesta Helsingin keskustan turistikartasta osoitetta ei löytynyt. Kävin systemaattisesti läpi jokaisen ruudun kahteen kertaan, ei löytynyt. Oivalsin, että kirjastosta voisi olla apua. Suunnistin tietokirjallisuuden osastolle ja löysin puhelinluettelot, jotka kattoivat koko maan. Keltaisilla sivuilla oli vain liikeyrityksiä, valkoisilla oli yksityisnumerot. Puhelinluettelon lopussa oli kaikki osoitekartat ja katujen aakkoselliset luettelot. Löysin Helsingin osoitekartaston ja aloitin etsinnän. Katu löytyi nopeasti, se oli ihan Mannerheimintien lähellä. Mannerheimintien tiesin luokkaretken ansiosta: Kansallismuseo ja Eduskunta. Sormeni vapisi, kun tunnistin sen kadun, sen talon. Se oli olemassa. Piirsin nopeasti summittaisen kartan perille.

Hänen äänensä muistan myös, sitten kun vihdoin uskalsin soittaa. Yllättävän matala ja hiljainen, hermostuksesta hieman änkyttävä. Pitkät tauot, kun hän ei keksinyt sanottavaa. Kuivat rykäisyt. Pehmeät sorahtavat ärrät, jotka samalla sekä viehättivät että vähän etoivat.

Muistan kihisevän kiihtymyksen ja uteliaisuuden, joka ei haihtunut puhelun jälkeen pitkään aikaan. Korvani oli kuumennut luuria pidellessäni niin, että se punoitti.

Kun tapaamisen päivä koitti, kävelin koko matkan asemalta siihen osoitteeseen. Matka ei ollut näyttänyt kovin pitkältä kartalla. En tiennyt, minkä bussin ottaa ja mistä, ja vaikeinta olisi ollut tietää, missä jäädä pois. Mies oli kyllä neuvonut, mutta päätin, että varmimmin kävelen. Liikenne velloi ja humisi ja Mannerheimintie vain jatkui jatkumistaan. Vihdoin löysin oikean talon, oikean porraskäytävän. Vahatut kiiltävät portaat, vanhan talon haju.

Mies oli kertonut, missä kerroksessa asui, mutta en enää muistanut. Luin valkoisia viliseviä muovikirjaimia mustalla taululla, sukunimiä oli paljon. Onneksi ei kahta samanlaista, vaikka Mattila oli niin tavallinen nimi. Kuusi kerrosta, hän asui viidennessä, joka oli merkattu V. Kuvittelin posteljoonin tuovan kirjeeni tänne, tähän nimenomaiseen taloon. Sydämeni hakkasi, olin kävellyt lujaa, koska tajusin olevani kovasti myöhässä. Vedin henkeä ja yritin rauhoittua, mutta sydän hakkasi hullun lailla edelleen.

Oli pakko ottaa hissi, vaikka se pelotti. Tempoilin ovia ja yritin sulkea veräjäovea samaan aikaan kuin kerrosovea ja satutin käteni. Hissin himmeästä peilistä tuijotti ärsyttävän pyöreäkasvoinen, säikähtänyt tyttö, poskilla hehkuvanpunaiset täplät. Otin myssyn pois ja haroin sormillani hiuksia pöyheiksi, korjasin maskaraa. Painoin mustaa nappulaa ja vaappuva, suriseva matka alkoi. Suljin silmäni, tunsin voivani pahoin, ja kerrostasanteelle päästyä varoin tarkoin katsomasta oven ja hissin väliseen rakoon, josta näkisi alas kuiluun. Kerrostasanteella haisi jokin ruoka, jota inhosin. Tunnistin sen kaaliksi. Löysin oikean oven ja väänsin rutisevaa ovikelloa.

Hän avasi minulle oven.

Hän oli melkein minua lyhyempi. Kauhukseni tunsin itseni häntä isommaksi. Mies sanoi vaimean hei'n ja otti kohteliaasti takkini, ripusti sen vaatepuulle ja ohjasi minut peremmälle. Pyysin anteeksi myöhästymistäni.

— Ei se mitään, hän sanoi.

Emme katsoneet toisiimme lainkaan. Tiesimme toisistamme niin paljon, että katsominen tuntui liian intiimiltä, melkein tunkeilulta. Olin kuitenkin nähnyt hänen ilmeensä, kun hän avasi oven ja näki minut. Musta kissa ilmestyi keittiön ovelle ja tuijotti minua kylmästi keltaisilla silmillään. Ojensin käteni, mutta se luikahti pois. Seisoimme neuvottomina olohuoneessa, ja hän viittasi epämääräisesti kädellään ympärilleen:

— No, täällä minä nyt sitten asun.

Kävelin epävarmasti ikkunan ääreen, kulmaikkunoista näki kolmeen suuntaan. Mies viittasi sivuoviin, jotka johtivat seuraavaan huoneeseen.

— Tuolla asuu meidän alivuokralainen, se ei onneksi ole nyt kotona.

Samassa eteisen ovi kolahti ja vanhempi nainen, lyhyt, pyylevähkö, tumma tukka nutturalla niskassa, tuli kotiin, ilmeisesti kaupasta kasseineen. Hätkähdin hänen ilmestymistään ovelle. Se, että mies asui edelleen äitinsä kanssa, oli yllätys. Mies esitteli minut nopeasti ja äiti sanoi kädestä päivää ja katsoi uteliaan pitkään kasvojani. Mies kohautti olkapäitään kuin pahoitellakseen, kun äiti poistui keittiöön ja minä katsoin miestä.

Siirryin tutkimaan isoa ruskeaa kirjahyllyä, jossa oli vain yksinäinen tietokirjasarja, tavallisia muhkuraisia merkkivuosimaljakoita ja muutama mauton matkamuistonukke. Toisella seinällä, nahkasohvan yläpuolella, oli ruskametsä ja kauris, joka peilaili kuvaansa lammesta. Seinävaate oli venynyt kulmista ja roikkui keskeltä.

Äiti hössötti, puhua papatti kissalle ja kolisteli pienessä keittiössä. Sitten hän huikkasi avonaisesta ovesta meidät kahville. Hän tarjosi kuivaa tiikerikakkua ja voileipäkeksejä. Istuin pienen pöydän ääreen ja otin keksejä, joilta tomaatit ja ohuet kurkunsiivut luiskahtelivat lattialle ja syliini. Jännitin jalkojani pöydän alla, olin jo kerran vahingossa tökännyt äidin jalkaan, kun olin vaihtanut asentoa. Äiti katseli minua avoimen uteliaasti, mies taas ei ollenkaan. Läikytin kahvia pöytäliinalle, kun hikinen sormeni takertui kupin kiemuraiseen korvaan. Kupit olivat ruusukuvioisia ja riitelivät kernipöytäliinan kanssa, jossa oli Marimekon sinikeltaisia unikkoja. Äiti huomasi katseeni ja kertoi, että liina oli lahja työkavereilta.

— Kiva, mumisin.

Mies käyttäytyi tyynesti, jopa viileästi äitiään kohtaan. Heidän keskustelunsa kuulosti toisiinsa tottuneen avioparin rupattelulta. Mieleeni jäi vain pohdinta siitä, miten estää oravien käynnit pihan lintulaudalla. Äiti tuntui tietävän minusta niin paljon, ettei tarvinnut kysellä. Tai sitten hänelle riitti vain tuijottaminen.

Kieltäydyin kiitellen kolmannesta kupillisesta, ja mies nousi ja vinkkasi päällään minua seuraamaan. Hänen huoneensa oli aivan keittiön vieressä ja siitä johti ovi seuraavaan huoneeseen. Se oli varmaan joskus ollut ruokailusali. Muuta sinne ei mahtunut kuin miehen kapea laveri, siisti työpöytä kirjapinoineen ja levysoitin, jossa oli isot stereokaiuttimet. Toisen oven eteen oli ängetty pieni keinutuoli. Kurkkasin ikkunasta alhaalla ajavia autojonoja ja sinisiä busseja. Koko katu näytti nyt vieraalta, kuin en olisi koskaan kävellyt tuota katua pitkin tänne. Istuin varovasti laverille ja hilasin selkäni nojaamaan seinään. Mieleeni tuli, että jokaisen äänen täytyi kuulua keittiöön, jossa äiti varmaan vielä istui ja kuunteli. Kahvikuppien korjaamisen kilinä kuului selvästi. Paksu tiukka poolovillapaita, joka oli tuntunut hyvältä ajatukselta kylmään kevätsäähän, tuntui jo nyt kostealta kainaloista, mutta en voinut ottaa sitä pois, alla ei ollut muuta kuin aluspaita ja liivit. Paksu rautapatteri hohkasi lämpöä leveän ikkunalaudan alla.

Sillä välin, kun mies huolellisesti etsi levyistä mieleistään soitettavaa, katselin salaa hänen sivukuvaansa. Mustavalkoinen passikuva, jonka hän oli lähettänyt, oli näyttänyt aivan erilaiselta. Saattoiko se olla sama mies? Hänellä oli haileanharmaat silmät mustasankaisten paksujen lasien takana, lyhyt kyömynenä, herkkä amorinkaari, ohutta hipsua viiksien sijaan, aataminomena, joka liikahteli valkean ihon alla. Mitään henkilökohtaista hän ei minulta kysynyt. Itse puhkesin hermostuneen vuolaisiin puheryöppyihin ja olin sitten hiljaa, kun hän halusi kuunnella musiikkia. Ymmärsin, ettei musiikin aikana voinut puhua.

Yhdessä silmänräpäyksessä kaikki, mitä luulin hänestä tienneeni, oli paljastunut väärinkäsitykseksi. Meidän oli ollut tarkoitus viettää lauantai-iltapäivä tutustumalla toisiimme hänen kotonaan, enkä nyt halunnut mitään muuta kuin karata.

Tämä mies ei muistuttanut mitenkään sitä sanataituria, jonka olin oppinut tuntemaan kirjeitse, tämä änkytti ja käytti muodollisia ilmaisuja ja fraaseja. Hän ei näyttänyt samalta ihmiseltä, joka kirjoitti upeita musiikkiarvosteluja, analysoi yhteiskuntaa, irvaili ihmissuhteita. Pitkiä, taidokkaasti sanaleikeillä tanssivia kirjeitä, jotka vastasivat minun lapselliseen hulluteluuni ja estottomuuteeni kutkuttavalla sarkasmilla ja lähes isällisellä kurinpalautuksella.

Hän sujautti huolellisesti yhden LP-levyn paperikuoreensa ja avasi toisen. Minä mietin pakoa. Hänen ohut äänensäkään ei tuntunut samalta, orvaskettä raapivalta käheydeltä, jonka olin kuullut puhelimessa ja joka oli saanut minut hengästymään. Miten voi erehtyä ihmisestä näin? Huomasin hänen siistit, kuivat sormensa, huolellisesti leikatut kynnet, vaaleakarvaiset kapeat ranteet. En voisi koskaan suudella häntä, en antaa noiden sormien koskettaa.

Hän ei katsonut minuun puhuessaan, ja minun oli vaikea katsoa häntä. Tajusin tilanteen luonnottomuuden, enkä voinut sille mitään. Luin kirjojen takakansia, levykoteloita, silmäilin Asterix-sarjakuvalehteä, pientä tekstiä seinäjulisteessa yhä uudelleen. Aika mateli.

Olin nähnyt kaiken hänen silmistään, kun hän katsoi minuun eteisen ovella. Odotuksen, pakahduksen, yksinäisyyden, toivon. Mietin, oliko hän nähnyt minun pettymykseni. Pohdin, miten pääsisin lähtemään. En keksinyt mitään tekosyytä, oli vielä liian aikaista. Kun olimme siirtyneet kahvin jälkeen miehen makuuhuoneeseen, se tuntui nyt pikkupojan huoneelta. Se ei ollut paljastunut kirjeissä. Olin aina ajatellut häntä, kolmekymppistä miestä asumassa yksin asunnossa musiikkikokoelmineen. Halusin siitä istumalta palata kotiin, ottaa kirjeet esiin, yksitellen, numerojärjestyksessä. Olin alkanut numeroida niitä, kun postileimoista ei aina saanut selvää. Missä vaiheessa valhe oli tullut kuvaan? Halusin takaisin sen miehen, sen suhteen, joka kirjeissä eli. Minun oli ikävä sitä miestä jo nyt.

— Tästähän sinä pidät erityisesti, mies sanoi sitten ja asetti rauhallisesti Vivaldin Neljä vuodenaikaa soimaan. Tunsin hien valuvan kylkeäni pitkin. Kirosin jokaisen sanan, jonka olin joskus päästänyt kiihtyneistä sormenpäistäni paperille, tulkintani Vivaldin eroottisuudesta. Sanat olivat vaarallisia. Sanoilla saattoi hämätä, liehakoida, heittää verkkoja pahaa-aavistamattomille. Niin kauan, kun niistä ei joutunut vastuuseen, leikki oli nautittavaa.

Lunastuksen paikka ja aika oli tullut. Olin miettinyt monia vaihtoehtoja sille, mitä sinä iltapäivänä saattaisi tapahtua. Saanut itseni kiinni villeistä kuvitelmista ja taas torjunut, innostunut ja toppuutellut. Tätä en vain koskaan ollut osannut aavistaa.

Mies nojautui taaksepäin keinutuolissa ja sulki silmänsä, keinui hiljaa Vivaldin Kevään tahdissa. Keinutuolissa! Minua alkoi naurattaa hysteerisesti. Istuin sängyllä, selkä seinää vasten, jalat ristissä, ja mies keinui tuolissa. Ajattelin, mitä ystäväni sanoisivat, jos näkisivät meidät. En voinut olla huomaamatta miehen kevyitä tummansinisiä sisätossuja. Viimeksi olin nähnyt tuollaisia käytettävän koulun jumppatunnilla. En löytänyt yhtäkään loogista selitystä millekään, mitä tunsin. Hävetti. Kaikki oli vain niin lohduttoman väärin.

Kun Vivaldin Kevät loppui, ja ennen kuin kiihkeä ja myrskyisä lempiosuuteni Kesä alkoi, mies avasi silmänsä, nousi ja pysäytti musiikin, korjasi levyn huolella paperikuoreen ja taas pahvikoteloon. Sitten hän sanoi hieman väsyneesti, mutta tasaisella äänellä:

— Taitaa olla aika, että lähdet kotiin.

Nousin sängyltä ja sieppasin olkalaukkuni. Hiljaisuudessa jokainen ääni tuntui kiusalliselta: vaatteitten kahina, oven narahdus, kun astuin huoneesta keittiöön. Äiti näkyi pelaavan pasianssia puhtaaksi pyyhityllä keittiönpöydällä. Hän hymyili ja heilautti kättään.

— Ai, sinä lähdet jo. Oli niin mukava, kun kävit.

Hänen silmissään näkyi toivoa tai ainakin jännitystä. Ehkä erehdyin hänen ilmeestään. Kuinkahan usein heillä kävi vieraita?

Tempaisin takin ylleni ennen kuin mies ehti edelle. Pakkassaappaat sujahtivat jalkaani nopeammin kuin koskaan. Löin siinä hötäkässä pääni johonkin terävään, varmaan joku sähkötaulu, mutta en edes hieronut päätäni.

— Kirjoittelemisiin nyt sitten taas, mies sanoi kuin olisi harjoitellut repliikkiä etukäteen.

Mutisin jotain vaimeasti ja yritin hymyillä. Oven kolahdus takanani toi suunnattoman huojennuksen. Pudistelin päätäni, juoksin portaat alas pyörryttävän nopeasti ja ryntäsin ulos ovesta raikkaaseen ilmaan. Kävellessäni takaisin asemalle kävin läpi tapahtunutta ja purskahdin tahattomiin hihityksiin.

Olin ehjä, pelastunut. Se, mikä väliltämme oli hajonnut, ei ollut koskaan ollut totta. Olin uneksinut miehen, jota ei ollut olemassa. Kukaan muu ei kuitenkaan tiennyt, mitä oikeastaan oli tapahtunut. Ystävieni ei tarvitsisi koskaan tietää. Kiitin itseäni, etten ollut etukäteen hehkuttanut kavereille tästä. Aavistin, että mies ei koskaan puhuisi minusta, vaan torjuisi äitinsä utelut samalla päättäväisyydellä, jolla hän torjuisi jokaisen naisen.

Minä olin olemassa hänelle vain paperilla, ja hän minulle. Todellisuutta se ei kestänyt silmänräpäyksen vertaa, yhden katseen vertaa.

Kirjoitin hänelle jälkeenpäin ja kiitin tapaamisesta, mutta hän ei vastannut. Kun muutin pois opiskelemaan, en päivittänyt osoitetta. En kuullut hänestä mitään, ennen kuin näin sanomalehdestä, että hän oli saanut esikoiskirjansa julkaistuksi. Se oli kokoelma surrealistisia novelleja. Kriitikko kehui erityisesti kirjailijan lennokkuutta, mitä tuli mahdottomien ihmissuhteiden kuvaamiseen.

Luin lauseet moneen kertaan: *Läheisyyden ja intiimiyden puutteen korvaavat uudella otteella tehty sanaleikittely ja lauserakenteiden rikkominen, jotka heijastavat nykyihmisen angstia järkkyvän maailmanrauhan raunioilla. Raa'atkin kuvaukset äiti-poikasuhteesta voi nähdä symbolisina Äiti Maan ja Maailman vallantaisteluna.*

Eteinen, 1998

Leena Partanen

Tömäytän Kuomalla ulko-oveen. Paska ovi! Mustien viirujen viereen tulee uusi leveä viiva. Äiti luulee niitä aamulehden tekemiksi ja jynssää ovea joka viikko. Iskä ei ole saanut lukkoa kuntoon ja minun on vedettävä monta kertaa kahvasta ennen kuin saan oven kiinni. Mattilan täti asuu meidän yläpuolella. Se heräsi varmaan päiväuniltaan ja valittaa äidille ja äiti valittaa iskälle ja iskä sanoo, että ensi viikolla hän korjaa lukon, kun kiireet helpottavat. Ei ne helpota. Iskä on aina töissä. Äiti ei tykkää, kun se joutuu käymään yksin kaupassa ja siivoamaan. Ei iskä ehtinyt joulujuhlaankaan, vaikka olin näytelmässä pihlaja. Kehui se kuitenkin mun todistusta ja opetti jouluna pelaamaan tammea.

Mattilan täti sai kesällä sydänkohtauksen. Se oli varmaan mun syy. Juoksin lomalla ovessa monta kertaa päivässä. Täti oli jo keväällä sanonut, että sydänkohtaus tästä ainaisesta rapussa ryskäämisestä tulee. Se oli monta viikkoa sairaalassa ja pelkäsin, että se kuolee. Elokuussa täti tuli takaisin kotiin.

Kuomat on ällöt. Äiti osti ne kirpparilta. Ovat liian isot ja lonksuvat jaloissa. Äidin mielestä kaikessa pitää olla kasvuvaraa. Potkaisen ne eteisen nurkkaan, vaikka niiden paikka on naulakon alla kenkätelineessä. Eteisen ruskea matto pistelee ilkeästi jalkapohjia sukkisten läpi. Heitän rukkaset ja pipon saappaiden päälle. Niiden paikka olisi eteisen seinälokerikossa. Olkoot lattialla! Nooralla on uudet talvikengät, joissa on lämmin karva sisällä. Se esitteli niitä tänään koulussa ja kysyi, miten mä kehtaan kävellä jonkun vanhoilla saappailla.

Ekaksi pitää mennä pissalle. Kuulen samalla, onko Mattilan tädillä kaikki kunnossa vai huutaako se apua tai voihkiiko kylppärinsä lattialla. Ihan hiljaista. Kyllä se varmaan nukkuu tai on kaupassa. Kerran kun menin yöllä pissalle, meidän kylppäriin kuului yläpuolelta outoja ääniä ja peilikaapissa välähti kirkas valo. Menin äidin ja iskän väliin nukkumaan. Ei ne uskonu, että Mattilan tädillä kummitteli. Pissa sihisee pönttöön. Kuuntelen ennen kuin pyyhin ja vedän vessan. Ei kuulu mitään.

Välipalaksi on jugurtti ja pari juustovoileipää. Iskän tekemät voikkarit on lautasella jääkaapissa. Juusto on käpristynyt ja tomaattiviipaleet lötköjä. Pakko syödä, on nälkä. Iskä on jättänyt kahvisuodattimen poroineen tiskialtaaseen. Siitä äiti ei tykkää, ja ne huutaa taas illalla toisilleen. Äiti uhkaa jättää koko huushollin ja hakea avioeron. Sitten ne ei puhu toisilleen kahteen päivään ja iskä nukkuu sohvalla tai olohuoneen lattialla.

Keittiössä on kummat tuolit. Niiden pinnat painaa selkää. Nousen tuolille polvilleni ja nojaan pöydän reunaan. Nuolen leivän päältä voita, se maistuu hyvältä. Hedelmäkorissa on kurttuinen appelsiini. Se on pikkasen homeessa ja haisee kakalta. Seison tuolilla ja heitän sen tiskialtaaseen. Yritän osua suodattimeen, mutta se lentää tiskiainepullon kylkeen. Fairy ja appelsiini kolahtavat altaan pohjalle piiloon.

Ope sanoi, että huomenna piirretään kuvat koulunpihasta. Niissä pitää olla jotain sellaista, mistä oikein tykkää. En tykkää mistään! En ainakaan niistä kahdesta lumiukosta, jotka isot pojat teki eilen koulun taakse. Harjoittelen huomista varten. Piirrän pyörätelineen ja siihen mun uuden pyörän. Ukki osti sen viime kesänä, se on lukossa alakerran pyörävarastossa. Sain valita minkä halusin. Se oli melkein kallein, ei ihan. Ukki opetti ajamaan sillä Seurasaaressa.

Mun huone on keittiön vieressä. Verhot on ostettu kirpparilta. Ne haisee kummalle. Nurkassa on lasten pöytä ja mä oon jo toisella. Siinä on paha piirtää. Tuoli on vähän rikki ja äiti on laittanut sen päälle pyöreän kukkatyynyn. Pöytä ja tuoli on serkun vanhoja. Noora sai syksyllä uuden koululaispöydän, vaaleanpunaisen tuolin ja pehmoisen maton. Mäkin haluisin sellaset.

Äiti luki pitkään sisustuslehtiä ja kalusti olohuoneen uudelleen. Valkoisen sohvan nimi on Viola. En saa istua siinä ainakaan ulkovaatteissa enkä oikein muutenkaan. Siinä on kyllä hyvä olla mahallaan ja piirtää. Äiti on asetellut kulmiin turkoosit tyynyt. Iskä ei saa laittaa niitä pään alle, jos oikaisee sohvalle. Se ei tykännyt sohvan ostamisesta muutenkaan, kun se säästää autorahoja, ja äiti vaati sen maksamaan puolet sohvasta.

Pari tuntia vielä. Sitten äiti tulee töistä. Levitän piirustuslehtiön, puuvärit ja tussit sohvalle. Pyörän nimi on Tunturi ja se on punainen. Ukki sanoi, että sillä voi ajaa maastossakin. Haluisin pyöräillä kouluun, kun Juhakin saa, mutta äiti ei anna ajaa talvella. Piirrän pyörätelineen koulun aidan viereen ja Tunturin siihen ekaksi. Punaisella tussilla on hyvä värittää, vien sen huomenna kouluun. Tussia lipsuu vähän sohvan istuintyynyn reunaan. On pakko värittää mahallaan, että tulee siistiä. Ehkä äiti ei huomaa. Vedän käsinojalla roikkuvan ruudullisen villapeiton lipsujen päälle ja käyn pitkälleni.

Pää uppoaa pehmeään tyynyyn. Nostan jalat sohvan selkänojalle, vaikka mulla on vielä toppahousut jalassa. Tänään Juha koputti tunnilla selkään ja anto pienen lapun. Ope ei huomannut mitään, kun se kirjotti taululle laskutehtävää. Kirjeessä lukee: "Älä välitä niistä. Sä oot kiva." Säästän lapun. Juha on kiva ja tykkään siitä.

Tämä on mun eka rakkauskirje. Viime kesänä mummo näytti nättiä rasiaa. Sen sisällä oli kirjeitä. Mummo oli sitonut niiden ympärille punaisen silkkinauhan ja se oli kivasti rusetilla. Kirjeet oli ukilta ja yhdeltä Veikolta. Ukki kuuli, kun mummo puhui Veikosta ja sanoi, ettei kaveri ollut penaalin terävin kynä. Mummo sanoi, että mukava mies se oli.

— Tylsät kynät voi terottaa, kuiskasin mummolle.

— Niin voi, tyttökulta.

Ukki hohotti keittiössä ja meinasi tukehtua kahviin. Haluan samanlaisen nipun rakkauskirjeitä ja laitan ne keksirasiaan, jonka kannessa on linnan kuva. Pitäisi saada punaista silkkinauhaa. Pyörittäisin sitä ekan kirjeen ympärille. Sanon Juhalle, että se voi kirjoittaa lisää. Äidille en puhu mitään, se ei aina ymmärrä. Kun kysyn jotain tärkeetä, se sanoo, että oon liian pieni tai jutellaan myöhemmin. Jos pyydän siltä punaista nauhaa, se taatusti nauraa. Mummo ei naura mulle koskaan.

Puhelin soi eteisessä. Juha pyytää koulun pihalle. Ennen huomista ne pitää rikkoa. Sanon tulevani heti.

Kuomat on vielä vähän märät, mutta vedän ne jalkaan ja puen takin, pipon ja rukkaset päälle ja laitan heijastimen hihaan. On jo pimeetä. Ulko-ovi menee rappukäytävän puolelta paremmin kiinni kuin sisältä. Nousen hiljaa Mattilan tädin oven taakse. Onkohan sillä kaikki kunnossa vai onko se kuollut? Sen ääni kuuluu keittiöstä päin ja se kysyy: Otatteko lisää kahvia.

Hissi on Mattilan tädin kerroksessa, mutta en saa mennä yksin siihen. Pakko lonksuttaa Kuomilla alas. Portaat kiertää ympyrää ja sisäkurvissa on paha mennä, portaat on niin kapeat. Nuoskalumi narahtaa saappaiden alla, kun mä hyppään portaalta kadulle ja juoksen koululle. Juha tulee pyörällä toisesta suunnasta. Sillä on pyörän takana pesäpallomaila. Lumiukot on vastakkain, naamat melkein kiinni toisissaan. Lumi-Juhis ja Lumi-Leea. Tänään pojat teki mulle tissit, jotka on melkein Juhan naamassa kiinni. Välitunnilla ne huuteli meidän perään, eikä opettaja huomannut mitään, eikä me menty sanomaan. Juha lyö lumiukkoa niin, että tikkukädet lentää kauas ja lumiukko halkeaa keskeltä. Sitten se lyö uudelleen ja potkii palasia kauemmas.

— Saanko mäkin?

— Joo!

Juha puuskuttaa ja ojentaa mailan. Lyön Lumi-Leeaa päähän, se hajoaa pieniksi palasiksi. Sitten lyön pyllyyn ja se tipahtaa alas. Tissit romahtaa maahan toiselta puolelta. Loput menee palasiksi parilla iskulla. Me potkitaan lumikökköjä kauemmas ja nauretaan. Mua vähän itkettää, mutta Juha sanoo, että oon kiva ja voin tulla niille kaakaolle.

— Tuu sä meille. Pitää viedä Apu Mattilan tädille. Äiti käski aamulla.

— Mikä apu?

— Lehti. Sen kannessa on nätti missi.

Takapuoli pomppii Juhan pyörän tarakalla. Se ajaa hurjana jäisellä pyörätiellä, että me ehditään meille ennen äitiä. Me juostaan portaita, niitä on aina ja aina vaan lisää. Mulla loppuu henki ja me nauretaan ja istutaan edellisen kerroksen tasanteelle ja kontataan meidän oven taakse. Kädet läpsyy harmailla rappusilla ja me tönitään toisiamme.

Apu on olkkarin lehtikorissa sisustuslehtien päällä. Missillä on punaiset huulet ja hieno pörrökampaus. Me jätetään ulko-ovi raolleen ja hiivitään Mattilan tädin ovelle. Juha seisoo mun selän takana. Täti tulee avaamaan. Ojennan lehden. Se vaatii sisälle ja me mennään. Otan Juhaa kädestä. Olohuoneesta kuuluu pulputusta ja puikkojen kilinää. Siellä istuu kolme tätiä neulomassa ja virkkaamassa.

Mattilan täti tuo mehua ja keksejä ja kehuu mua hyväksi tytöksi. Muut tädit nyökyttelevät ja sanovat meitä kunnon lapsiksi. Sitten niiden hymyt katoavat ja säikähdän. Ne alkavat paapattaa Mattilan tädin naapurissa asuvasta miehestä, joka paiskoo ovia ja soittaa joskus yöllä musiikkia. Kyllä sellasesta sairastuu kuka tahansa, ne huutavat yhteen ääneen.

Lattialla on iso kori, jossa on lankakeriä, puikkoja, nappipurkki ja nauhoja. Täti kysyy, haluaisinko silkkinauhaa saparoihin. Sanon joo, vaikken tykkää saparoista. Vaaleanpunainen sopisi. Täti kysyy, mitä me tehdään hiihtolomalla.

— Menen ukille ja mummille Hakunilaan.

— Kanarialle, Juha vastaa.

Me syödään ainakin viisi keksiä molemmat ja juodaan mansikkamehua. Sitten me kiitetään ja juostaan meille. Saappaat lentää suoraan kenkätelineeseen, kun potkaisee taitavasti. Hanskat ja pipot laitetaan lokeroon ja takit naulaan. Me istutaan eteisen lattialla ja mietitään, pelataanko korttia vai katsotaanko telkkaria tai kasetille nauhoitettuja piirrettyjä.

Puhelin soi eteisen pöydällä. Äiti soittaa kännykästään, että se menee työkaverin kanssa syömään. En saa oikein selvää puheesta. Sitten autojen äänet hiljenee, ja joku mies huutaa: Tule jo! Äiti käskee ottamaan lisää voileipää. Keittiönkaapin ylähyllyllä on mummin antama sininen suklaalevy. Me voidaan syödä se puoliksi Juhan kanssa, lötkötellä sohvalla ja katsoa telkkaria.

Makuuhuone, 1939 ja 1980

Alpo Tiilikka

Insinööri Pietari Makkonen harppoi kiireisin askelin autoltaan vanhan kerrostalon ovelle ja siitä sisään. Hän oli vuokrannut alivuokralaisasunnon. Vuokraan kuului aamiainen ja päivällinen sekä siivous ja muu ylöspito. Se sopi Pietarille. Hänellä oli kiire, ei ollut aikaa puuhastella asunnon kanssa. Projekti töissä oli vaativa. Seuraavat kuukaudet tulisivat ratkaisemaan koko hänen loppuelämänsä.

Talon ala-aula oli kuin vanhoissa elokuvissa. Kuvioitu lattia, maalaukset seinillä ja katto kuin kirkossa. Portaiden vieressä oli häkkiseinäinen ja kalteriovinen hissi. Siis hidas. Pietari harppoi portaita ylös kuudenteen kerrokseen.

Vuokraemäntä – vanha arvokas rouva – avasi heti, kun Pietari soitti ovikelloa. Rouvan vaatetus oli tutun näköinen, kuin äidin Kotiliesi-lehdissä Pietarin lapsuudessa. Eteinen oli pieni, ovia oli joka suuntaan. Vuokraemäntä katsoi Pietaria ylös alas. Ilmeisesti vuokralainen kelpasi.

– Täältä herra insinööri löytää hyvän kodin. Tietysti vain siihen asti, kun vakiintuu. Minä asun tässä isoa asuntoa leskenä. Sen hankin mieheni kanssa jo viisikymmenluvulla. Hän kuoli jo ajat sitten, en oikein muista milloin. Mikä hänen nimensä nyt olikaan? Hän jätti minut puille paljaille. Siksi pidän alivuokralaisia, että saan korot ja vastikkeen maksetuksi.

Hän oli vuokrannut pois myös ruokailuhuoneen ja makuuhuoneet ja asui itse olohuoneessa. Pietarin puhelimessa vuokraama huone osoittautui aivan mainioksi. Se oli suuri ja valoisa. Lattia oli vanhanmallista ruutukuvioista parkettia. Ovea vastapäätä olevan seinän takana oli rautakaiteinen parveke. Toisella sivuseinälläkin oli pieni ikkuna. Ehjää pitkää seinää peitti verho. Emäntä veti verhon syrjään ja takaisin kiinni. Sen takana oli vain hilseilevä maalattu kiviseinä.

— Edellinen vuokralainen tuon verhon laittoi. Sanoi että ei kestä katsella seinää. Kai se oli jo silloin vähän sekaisin. Kaksi vuotta se täällä asui. Sanoi että ei kestä katsella hetkeäkään enää tuota seinää. Ei kestä katsella sitä naista. Mitä se tuollainen on muuta kuin hullun houretta? Mutta tässä on herra insinöörille nyt huone. Puolihoidolla, kuten sovittiin. Aamiainen on seitsemältä ja päivällinen iltakuudelta. Herra varmaan syö lounaan siellä työpaikalla.

Talo oli vanha ja huonejärjestys oli myös vanha eli epäkäytännöllinen. Pietarin huoneesta avautuivat pariovet ilmeiseen olohuoneeseen, jossa vuokraemäntä itse asui. Kylpyhuoneeseen ja vessaan piti mennä sen ja eteisen läpi. Myös pienehkö keittiö oli eteisen takana. Asuntoon kuului vielä kaksi muuta huonetta, kuten vuokraemäntä sanoi aiemmin. Toisessa asui vanha herrasmies ja toisessa "nuori ja mehevä opiskelijatyttö, vapaa ja villi", vuokraemäntä sanoi ja päästi pienen hihityksen.

Pietari asettui taloksi. Hän purki vähät tavaransa seinäkaappiin. Se oli pitkällä ikkunaseinällä, samoin sänky, nojatuoli ja kirjoituspöytä. Verhojen peittämän seinän vieressä ei ollut mitään huonekaluja. Pietari päätti järjestää huonekalut vasta huomenna. Tänään piti vielä valmistella huomisen kokouksen esitys ja nukkuminenkin oli tarpeen parin valvotun yön perään.

Tuskin oli Pietari saanut piirtoheitinkalvot ja tussit pöydälle ja aineistot esiin, kun väsymys iski kunnolla. Silmissä sumeni, ja teksti muuttui harmaaksi massaksi. Oli pakko mennä nukkumaan ja tehdä työt vasta aamulla. Hän hiipi mummelin huoneen reunan kautta kylpyhuoneeseen pikaiselle iltapesulle ja samaa reittiä takaisin. Uni tuli heti.

Uni myös väistyi hetken kuluttua. Huoneessa vilkkui jokin valo. Se ei tullut ulkoa vaan seinällä olevan verhon alta. Pietari kääntyi seinää kohti, mutta ajatus oudosta valosta ei antanut rauhaa. Hän nousi ja veti verhon syrjään. Seinän alareunassa oli valojuova. Se oli parikymmentä senttiä korkea, epätasaisen värillinen. Jossain siellä oli lamppu. Pietari päätti etsiä sen seuraavana päivänä, nyt oli nukuttava. Verho jäi auki. Hän meni takaisin nukkumaan. Hetkeä myöhemmin hän havahtui uudestaan. Valojuovassa oli kuva. Kahdet ihmisen jalat ja huonekalun jalat, sohvan tai pitkän senkin. Ihmisten jalat olivat rinnakkain kenkien kärjet Pietaria kohti. He istuivat sohvalla, Pietari päätteli. Vasemmalla oli naisen jalat, niissä sirot kangasverhoillut kukkakuvioiset kengät ja sukat, joiden epätasainen kudontakuvio oli havaittavissa. Pietari muisti hämärästi nähneensä sen tapaista vaatetusta jossain museossa. Toiset jalat kuuluivat miehelle. Teräväkärkiset kengät olivat ruskeaa kiiltonahkaa. Vihertävissä kapeissa housuissa oli prässit ja leveät taitokset. Pietarin mieleen nousivat äidin sanat: "Älä osta ruskeita kenkiä. Et kuitenkaan tiedä, minkä vaatteiden kanssa ne sopivat". Kai ne sitten sopivat vihreiden housujen kanssa. Ajatus katkesi kun kuvan jalat kallistuivat ylös ja hävisivät näkyvistä. Hetkeä myöhemmin naisen kenkä putosi lattialle ja jäi siihen. Uutta liikettä ei näkynyt. Pietari kääntyi seinään päin ja nukahti.

— Kello on puoli seitsemän!

Pietari havahtui ääneen. Mitä se oli? Missä hän oli? Pää oli aivan sekava. Vähitellen kaikki palautui mieleen. Hän oli uudessa asunnossaan vanhan rouvan alivuokralaisena. Ääni oli vuokraemännän ääni oven takaa. Huh, minkä unen hän oli nähnyt. Jalkojen liikettä seinällä. Tuo nyt oli niin hölmöä, että siitä voisi kirjoittaa novellin. Puoli seitsemän, oli vuokraemäntä sanonut. Esitys oli valmistelematta. Oli pakko rynnätä suoraan töihin sitä tekemään. Pietari teki hätäisen aamupesun ja kiskoi päälle eiliset vaatteet.

— Pöytään mars! Muut jo odottavat.

Vuokraemäntä kaappasi Pietarin ulko-ovelta keittiöön ja istutti pöytään. Toiset vuokralaiset istuivat valmiina. Hieno vanha herra oli määritelmänsä mukainen. Jokainen ulkoasun yksityiskohta oli siisti, puku puhdas ja kuosissa, valkoinen tukka ja parta tarkasti leikattu. Kasvojen siisteys kertoi, että aika kului mietiskelyssä ja kirjojen ääressä, ei suinkaan televisiota katsellen ja kaljapulloa kallistellen. Toinen vuokralainen oli nuori nainen. Hän ei näyttänyt mehevältä, eikä vapaalta ja villiltä, vaan laihalta, hillityltä ja ujolta. Väljähkö mekko ylsi kaulaan. Pitkä keltainen tukka oli paksulla letillä selässä.

— Insinööri Makkonen, Herr biblioteksråd Svärholm, Neiti Silja, opiskelija, vuokraemäntä esitteli.

Vanha mies tervehti kohteliaasti kohottautuen samalla aavistuksen verran istuimeltaan.

— Minä opiskelen kirjallisuutta, nainen sanoi hiljaa.

— Alan pian kirjoittaa ensimmäistä romaaniani. Minulta puuttuu vain aihe.

Hän punastui ja laski katseensa lautaseensa. Pietari hotkaisi kiireesti voileivän ja syöksyi ulos rappuja pitkin.

Pietari tuli kotiin värikkään työpäivän jälkeen. Ja kreivin aikaan.

— Nyt joutuin syömään, kajahti vuokraemännän ääni keittiöstä.

Päivällinen on kello kuusi, tämä oli sanonut. Ruoka oli jo katettuna ja Silja-neiti istumassa. Hänen huoneestaan oli ovi keittiöön. Se oli avoinna ja huoneen harkittu joskin vaatimaton sisustus vilahti Pietarille hänen kiertäessään omalle paikalleen. Neuvos tuli olohuoneen ja eteisen kautta. Hänen huoneestaan oli ovi myös Siljan huoneeseen.

— En koskaan avaa sitä ovea, neuvos sanoi huomatessaan Pietarin katseen.

Vanha rouva istuutui viimeisenä.

— Meillä ei ole tapana lukea ruokarukousta, mutta tietenkin tehdään, jos herra insinööri niin haluaa. Varmaan hän rukoilee omassa huoneessaan varjelusta. Edellinen asukas sanoi, että siellä asuu demoni.

Herra insinööri vakuutti, että rukousta ei tarvita ja että hän pärjää kyllä demonien kanssa, olipa niillä miesten tai naisten jalat.

— Hän oli hullu, Silja sanoi. — Tarkoitan mielisairas. Hän näki näkyjä. Mitään demoneja ei ole.

— Me miehet hurmaannumme joskus kauniista naisista niin, että he saavat meidät valtaansa kuin demonit, neuvos sanoi, kohotti lasiaan ja katsoi Siljaa merkitsevästi.

Silja punastui, vilkaisi nopeasti Pietaria ja piti katseensa lautasessaan.

Huone oli näköjään siivottu, kuten vuokrailmoitus lupasi. Aamulla levälleen jäänyt sänky oli pedattu, pöydällä olevat paperit oli järjestetty. Ja pitkää seinää peittävät verhot olivat kiinni.

Pietarilla oli harrastus. Hän kirjoitti novelleja. Hänellä oli jo ollut menestystä. Hänen tekstejään oli ollut useassa antologiassa ja kirjallisuuslehdessä. Kustantajan kanssa oli puhuttu pitkästä tekstistä.

— Saa sitten nähdä, mitä tulee, oli kustannustoimittaja sanonut. — Ihan mitä tahansa ei sentään julkaista, oli isän nimi sitten mikä tahansa.

Isä oli pikemminkin tunnettu läpikuivista asiantuntijateksteistä kuin mielikuvituksen lennosta. Tekstiä uudessa romaanissa oli valmiina toistasataa liuskaa. Pietari asettui taas pöydän ääreen jatkamaan teostaan "Olevaisen olennon kohtaamisia". Kirjoittaminen ei tänään maistunut. Keskittyminen ihmissuhdedraamaan ei onnistunut. Jokin vaivasi. Se jokin oli jalat, seinässä viime yön unessa näkyneet jalat. Mutta mitä merkitsivät toisten asukkaiden vihjailut huoneen edellisestä vuokralaisesta? Aikansa ponnisteltuaan Olevaisen olennon kanssa, Pietari luovutti ja päätti rentoutua kirjoittamalla viimeöistä untaan uudeksi tekstiksi. Hän antoi sen nimeksi "Jalat".

Pietari oli tehnyt iltatoimet ja asettunut nukkumaan. Valo alkoi sarastaa verhon takana. Herätyskello oli tasan kaksitoista yöllä. Pietari kävi vetämässä verhot syrjään ja asettui nojatuoliin. Seinässä näkyi taas parikymmentä senttiä korkea valojuova. Tänään hän ei nukkunut, mutta kuva oli silti seinässä. Se ei ollut unta, vaan jotain muuta.

Valojuovassa näkyi vanhanaikainen ruutuparketista tehty lattia, aivan samanlainen kuin Pietarin huoneessa, vain uudemman näköinen. Sohvan jalat olivat taas kuvassa, mutta ei muuta. Unen toivo oli mennyttä. Pietari asettui pöydän ääreen ja jatkoi kirjoittamista. Parin tunnin kuluttua naisen jalat kävelivät sisään kuvaan. Ne tulivat kuin tyhjästä, kuin olisivat tulleet seinästä, jolla kuva näkyi. Nainen asettui sohvaan istumaan. Mies tuli puoli tuntia myöhemmin. Molemmat lähtivät katsojaa kohti ja hävisivät äkisti oudolla tavalla tullessaan aivan seinän lähelle.

Näytös oli loppu, seinä pimeni. Pietari meni nukkumaan. Tuon täytyi olla jotain kreisiä pilaa. Ehkä se oli edellisen hulluksi kerrotun asukkaan rakennelmia. Hän ottaisi huomenna selvää. Mikä tahansa se olikin, seinällä ei näkynyt enää kuvaa. Siinä oli vain vaalealla hilseilevällä maalilla peitettyä rappausta.

Työpäivä meni taas sekavissa tunnelmissa. Keskittyminen oli mahdotonta. Päivällinen asunnolla oli ajallaan. Pietari marssi kuuliaisesti pöytään.

— Ei ole oikein nälkä, hän sanoi painellen mahaansa.

— Aina on syötävä kunnolla, oli nälkä tai ei, vuokraemäntä vastasi.

— Nälkää on monenlaista, neuvos sanoi ja kieritti silmiään Siljan suuntaan.

Päivällisen jälkeen kirjastoneuvos kysyi,

— Mahtaako herra insinööri, jos saan sanoa "sinä", pelata shakkia.

Sai sanoa ja kyllähän herra insinööri pelasi. Neuvoksen huoneessa oli ikkuna kahdella seinällä. Kolmannella oli ovi olohuoneeseen ja pitkällä seinällä ovi Siljan huoneeseen. Sen edessä oli puolikorkea kirjahylly pullollaan vanhoja kirjoja.

— Siinä on vain pari tärkeämpää, sanoi neuvos huomatessaan Pietarin katseen. — Loput ovat varastossa.

Neuvos otti laudan ja nappulat laatikosta. Peli alkoi. Pietari oli vaikeuksissa alusta alkaen. Silja haki jakkaran ja asettui katsomaan peliä. Kun Pietari teki siirtonsa, Siljan käsi nytkähti kuin hän olisi halunnut siirtää, kenties eri tavalla.

— Olemmekin arvoisan neidin kanssa muutaman kerran pelanneet, neuvos sanoi.

Sitä sanoakseen hän nousi seisomaan ja kumarsi Siljan suuntaan. Peli jatkui. Lopulta Pietari hävisi, vaikkakin niukasti.

Huoneeseensa päästyään Pietari päätti selvittää, mistä outo näytös oli peräisin. Jos huoneessa oli elokuvaprojektori, sen täytyi olla ylhäällä vastapäisellä seinällä jossain kaapissa. Vesiperä. Seinät olivat kiinteät, ei ollut kaappeja eikä pienintäkään aukkoa, josta kuvan voisi heijastaa. Kun Pietari oli tutkinut aikansa seiniä, hän tajusi, että kuvan lähteen pystyi paljastamaan asettumalla aivan sen eteen. Piti vain odottaa, että näytös alkaisi.

Se alkoi taas tasan puoleltayöltä. Pietari oli päättänyt ottaa selville, millä tavalla hänestä tehtiin pilaa. Tilanne oli sopiva, sillä seinän alareunassa näkyi vain tyhjä huone, eikä kuvassa mikään muuttunut. Hän meni seisomaan aivan seinän viereen ja pani kätensä sitä vasten. Kuva hohti himmeänä kämmenen alla. Valo tuli seinästä. Hän haki puukon ja raaputti sillä seinää kuvan kohdalta. Puukko raapi rappausta ja murusia putosi lattialle. Kuva näkyi naarmun pohjalla. Pietari oli ymmällään. Hän odotti pari tuntia, mutta näki kuvassa vain tyhjän huoneen. Sitten se sammui.

Seuraavana aamuna seinä oli tietysti tyhjä. Yöllä raavitut puukonjäljet näkyivät syvennyksinä seinässä.

Pietari veti verhon kiinni ja kokosi laastinmuruset roskikseen. Hän yritti keksiä jonkin järjellisen selityksen seinän käytökselle. Se oli kiviseinä, päältä rapattu ja joskus muinoin maalattu epämääräisen vihertäväksi. Mutta mitä oli seinän takana? Ehkä seinä oli jotain valoa säteilevää massaa. Toisella puolella saattoi olla kirkas projektori, joka sai materiaalin hohtamaan. Aamutoimia seurasi aamiainen. Kukin asettui paikalleen. Neuvos piti englantilaistyyppisestä aamiaisesta ja se oli hänelle myös suotu.

— Kuolee pian joka tapauksessa, oli vuokraemännän selitys hänen asettaessaan lautasta tämän eteen.

Silja söi jogurttia ja jyrsi ohutta leivänpalaa. Näppärältä kommentilta ei säästynyt hänenkään valintansa.

— Pysyypä sitten ohuena itsekin.

Pietari sai tänään ja kaikkina seuraavina aamuina eteensä lautasellisen kaurapuuroa, sitä toivomatta tai tilaamatta.

— Tämä sopii sinulle, kuului selitys.

— Insinööri on kovin kalpea, neuvos sanoi samalla kun pelasti serviettiin suupielestä pursuavaa paistettua tomaattia.

— Hänen pitäisi nukkua enemmän. Silja suuntasi silmänsä taas lautaseensa.

Pietari oli keksinyt pitkän pohtimisen jälkeen tekosyyn, jolla pääsisi tunkeutumaan naapuriin. Hän soitti ovikelloa heti päivällisen jälkeen. Vanha herra keppeineen tuli avaamaan. Pietari kertoi, että oli porannut seinää ja halusi varmistaa, ettei naapurin puolelle ollut tullut vaurioita. Mies näytti naapurihuoneen kohteliaasti. Pietarin puoleisessa seinässä oli samanlainen vanha maalipinta kuin hänen puolellaan. Pietari koputti seinää. Ääni kuulosti samanlaiselta kiviseinältä tältäkin puolelta. Mitään elokuvalaitetta tai jättitelevisiota ei ollut näkyvissä. Monimutkaisin asunnon laite oli vanha mustavalkotelevisio ja sekin eri huoneessa.

Pietarin palatessa Silja tuli eteisessä vastaan.

— Minä olen tullut hulluksi, Pietari sanoi.

Siljan silmät pyöristyivät. Hän haki tukea seinästä. Parin sekunnin päästä tuli syttyi hänen silmiinsä.

— Et ole! Tuollaiset konstit eivät minuun tehoa. Ei enää toista kertaa.

Viimeinen välähdys hänen silmissään Pietarin mennessä olohuoneen suuntaan kertoi, että ehkä sittenkin tehoaisivat.

Elämä vakiintui pian uomaansa. Aamiaisella ja päivällisellä piti olla ajoissa. Poissaolot piti ilmoittaa. Aamiaiset olivat täsmälleen toistensa kaltaisia, puurolautanen, ruisleipäviipale ja maitolasi. Päivällisessä oli enemmän vaihtelua. Vuokraemännän keittokirja tuntui olevan 50-luvulta. Ainoa tässä huushollissa tunnettu vihannes oli punajuuri. Kaksi paksua viipaletta oli lautasella, oli ruokalaji mikä tahansa.

Merkillinen näytös seinässä alkoi joka yö tasan kahdeltatoista ja kesti joskus tunnin, joskus aamukuuteen. Kukaan ei käskenyt sitä katsomaan, mutta houkutus oli valtava. Aamuöiden valvominen otti voimille. Hänelle tuli tavaksi nukkua koti-iltoina muutaman tunnin, kunnes esitys alkoi. Monta yötä meni ilman kummempia tapahtumia. Useimmiten naisen jalat näkyivät sohvan edessä jonkin aikaa. Miehen jalat tulivat ja menivät. Jalat ilmestyivät melkein aina tyhjästä, katsojan suunnasta ja palasivat Pietaria kohti häviten äkkiä näkymättömiin. Joskus ne menivät vasemmalle pois kuvasta. Sieltä ne palasivat aina jonkin ajan kuluttua takaisin.

Pietari oli pitkissä tutkimuksissaan ja mietinnöissään tullut tulokseen, että seinän kuva oli henkimaailman asioita, kummittelua tai vastaavaa. Kirjastoneuvos olisi paras kertomaan, tunnettiinko kirjallisuudessa kummittelua seinässä näkyvänä liikkuvana kuvana. Ja Siljahan oli kirjallisuuden opiskelija. Pietari otti asian puheeksi seuraavan shakkipelin aikana.

— Muistan yhden ikivanhan kirjan, neuvos vastasi.

— Siinä oli vanha linna, jossa näkyi seinän alareunassa jotain jalkoja.

— Voisiko sellaista seinää olla jossain muualla?

— Minä en ole nähnyt.

Neuvos virnisti vinosti. Oliko puheenaihe hänestä hassu vai tiesikö hän jotain? Silja piti katseensa shakkilaudassa.

— Miksi kysyt tuollaista? Sehän kuuluu fantasiakirjallisuuteen. Siellä voi olla ihan mitä tahansa.

— Minä ajattelin kirjoittaa sellaisesta kirjan tai ainakin novellin. Itse asiassa olen jo aloitellut muutamana iltana.

— Sinä siis kirjoitat!

Silja kääntyi niin nopeasti, että pitkä keltainen letti heilahti vasten neuvoksen kasvoja. Hänen poskensa punertuivat ja silmät lämpenivät.

— Minä etsin sinulle aineistoa. Yliopiston kortistossa on viitteitä vaikka mihin.

Mikä nainen! Hän auttaisi Pietarin kirjailijan uralle pois tunkkaisesta insinööritoimistosta. Kenties hänestäkin tulisi kirjailija, kun saisi opintonsa valmiiksi. Kirjailijapariskunta Pietari ja Silja Makkonen. Hmm...

Toisen lauantain jälkeisenä yönä seinässä oli juhlat. Pietarille se oli lauantai, ties mikä päivä seinässä oli menossa. Jalkoja tuli ja meni vinhaan tahtiin. Sohva oli täynnä istuvia naisia. Yhdellä oli kullanväriset korkeakorkoiset kengät, toisella mustat tavanomaiset, kolmannella vihreät kengät. Kaikilla oli kiiltävät silkkisukat, saumalliset tai ilman saumoja. Miesten jalkoja tuli heidän eteensä, mustissa kengissä ja ruskean ja valkoisen kirjavissa kengissä. Kaikkien housuissa oli leveät taitteet. Miehet pysähtyivät naisten eteen ja kohta he lähtivät pareina kuvasta ulos. Muutamia minuutteja myöhemmin äsken lähteneet jalkaparit palasivat, naisen jalat jäivät sohvan eteen, miehen jalat poistuivat tai siirtyivät toisen naisen eteen. Mitä ilmeisimmin huoneessa oli tanssit.

Pietari havaitsi kuvassa aiemmin olleet naisen jalat sohvan vasemmassa reunassa. Naista haettiin usein tanssiin. Hakijana oli monta kertaa mies, jolla oli mokkanahkaiset hieman likaiset kengät ja vihertävät housut. Viimeisellä kerralla näytti, että nainen lähti tanssimaan vastentahtoisesti, ehkä jopa harasi vastaan. Paikalleen hän palasi yksin. Seinässä asuvan miehen ruskeat kengät kävivät kohta hänen edessään, tekivät pieniä askelia kummallekin sivulle ja menivät pois.

Aamu jo sarasti Pietarille, kun vieraat poistuivat seinästä. Isäntäväki jäi seisomaan keskelle kuvaa kengänkärjet toisiaan kohti. Nainen horjahti ja haki tukea siirtämällä nopeasti jalkaansa. Miehen jalat kävelivät nopeasti pois. Nainen jäi sohvalle jalat vinossa asennossa. Ne nytkähtelivät hiljaa. Näyttämö pimeni.

Kun kaikki tapahtuu samanlaisena päivästä päivään, tuntuu kuin aika häviäisi olemasta. Näin oli käynyt Pietari Makkosen ajalle. Määräaikaiset ateriat asunnolla antoivat päivään tarkan rytmin. Työpäivät toistuivat toistensa kaltaisina. Päivällisen jälkeen hän meni nukkumaan yrittäen sulkea silmänsä Siljan kaipaavilta katseilta. Puoliltaöin alkoi esitys seinässä. Usein seinä oli tyhjä ja sammui pian. Joskus nainen istui sohvalla nostaen välillä jalkaa toisen päälle, ehkä lukien jotain. Miehen jalat tulivat joskus ja menivät saman tien pois. Yhtenä iltana juhlittiin vappua. Paljon jalkoja tuli huoneeseen. Serpentiiniä ja muita koristeita putosi lattialle. Tanssi alkoi pian. Nuhrukenkäinen vieras oli jälleen paikalla ja ahkerana emäntää tanssittamassa. Juhlintaa kesti monta tuntia. Lopulta vieraat lähtivät. Asunnon nainen jäi istumaan sohvalle. Nuhrukenkäinen tuli kohta hänen viereensä. Molemmat jalat liikkuivat kiivaasti. Näytti siltä, että jonkinlainen ottelu oli käynnissä. Jalat nousivat oikealle näkymättömiin. Asunnon miehen jalat juoksivat hetkessä sohvan viereen. Vieras poistui nopeasti. Mies ja nainen seisoivat sohvan edessä. Nainen horjahti ja yritti hakea tasapainoa mutta kaatui lattialle.

Pietari näki naisen kasvot. Ne olivat ihmeellisellä tavalla kauniit. Suuret tummat silmät olivat täynnä surua ja hätää. Hän katsoi niitä paikalleen naulittuna puristaen tuolin käsinojia rystyset valkoisina. Nainen nousi ylös mutta kaatui kohta takaisin lattialle. Hänen poskensa punoitti. Kyynelet valuivat suurista silmistä. Naisen käsi oli aivan seinän vieressä. Se tavoitteli jotain pientä esinettä. Pietari ryntäsi auttamaan naista mutta kolautti päänsä seinään. Hän jäi makaamaan lattialle katsoen naista aivan läheltä. Kiiltävä vihkisormus loisti lattialla aivan hänen kätensä edessä mutta tavoittamattomissa seinän takana, jossain muualla tai vain Pietarin aivojen tuotteena. Kuva sammui kuudelta. Pietari päätti uhrata pari jäljellä olevaa aamun tuntia kirjoittaakseen taas Jalatnovelliinsa kaiken näkemänsä. Siljan tuomat kirjat odottivat mahdollisuutta antaa lisänsä tekstiin. Novelli uhkasi paisua romaaniksi.

Seuraavana yönä seinässä näkyi vain sohva, samoin sitä seuraavana ja useana yönä sen jälkeen. Olivatko asukkaat muuttaneet pois?

— Minulla on kaksi elokuvalippua, Silja sanoi. — Toinen on ystävättärelleni, mutta hän on sairastunut. Haluaisitko sinä lähteä?

Pietari katsoi kelloaan ja nyökkäsi. Hän ei huomannut edes kysyä, mitä elokuvaa he olisivat menossa katsomaan. He eivät menneet elokuvateatteriin vaan kadun toiselle puolelle kirjastoon. Siellä näytettiin arkistoista poimittuja vanhoja filmejä. Elokuva osoittautui olevan "Tuulen viemää". Scarlett O'Hara oli melkein koko ajan kuvan keskellä. Scarlett'in punatukkainen olemus muuttui hänen silmissään seinän naiseksi.

Siljan pää tuntui hyvältä hänen olkapäätään vasten. Siljan hiukset, joiden kiehkura pyrki nenään jokaisella hengenvedolla, tuoksuivat hyviltä. Koko seinätouhu oli hulluutta ja saisi loppua nyt. Hän vetäisi seinän verhot eteen. Hän ei edes nukkuisi huoneessaan vaan pyrkisi ja pääsisi Siljan huoneeseen. He tulivat eteiseen. Pietari kietoi kätensä Siljan vyötärölle ja tämä nojasi häntä vasten. Olohuoneen ovi oli avoinna, samoin Pietarin huoneen ovi. Seinän valo kirkastui ja himmeni. Joku siis liikkui seinässä. Pietari sanoi nopeasti hyvät yöt ja kiiruhti huoneeseensa. Hän tunsi Siljan hämmästyneen katseen selässään.

Nainen oli polvillaan ja huojui edestakaisin. Hän katsoi suoraan seinää kohti, jotain henkilöä, joka ei näkynyt, koska hän oli ikään kuin seinän etupuolella. Valoisan alueen toiseen päähän ilmestyi laajennus, pieni suorakulmion muotoinen alue. Kohta perään toinen ja kolmas ja muita, kunnes valojuova oli tullut päästä päähän kymmenkunta senttiä korkeammaksi. Pian kasvoi uusi laajennus samalla tavalla, sitten kolmas. Naisesta näkyi vastaavasti suurempi osa. Myös sohvan alareuna näkyi. Pietari tuijotti jäykistyneenä uskaltaen nipin napin hengittää. Kuin muurari olisi muurannut seinää korkeammaksi tiilillä, joihin syntyi heti uusi osa kuvasta. Lyhyen tauon jälkeen seinän kuva alkoi taas kasvaa. Nainen tuli juova juovalta enemmän näkyviin. Lopulta myös hänen kasvonsa näkyivät. Niillä oli tuskainen epätoivon ilme. Hän ojenteli anovasti käsiään ja hänen suunsa liikkui, mutta ääntä ei kuulunut, kuten ei ennenkään. Muutaman tauon ja uusien valoläiskien ilmestymisen jälkeen koko seinä oli täynnä kuvaa.

Keskellä oli sohva. Nainen makasi sen päällä silmät kiinni nytkyen hiljaa itkun tahdissa. Sohvan vieressä oli pieni pöytä ja nojatuoli sivuttain. Nainen nosti taas epätoivoisena käsiään. Pietari ei kestänyt enää katsella naisen tuskaa. Hän ryntäsi kovaa vauhtia naista auttamaan.

Mitä kovemmin juoksee seinää päin, sitä kovemmin sattuu. Pietari makasi vuorostaan lattialla omalla puolellaan, seinän vieressä. Päässä jyskytti. Ohimolla ja otsassa oli verestävä ruhje. Mitään ei ollut tehtävissä. Nainen seisoi kädet ojennettuna pyytävässä asennossa. Kyynelet valuivat hänen silmistään. Pietarin kädet haroivat tasaista seinää. Hän yritti koskettaa naista, mutta naista ei ollut. Oli vain kuva seinän pinnassa.

Pietarin mieleen nousi kauhea ajatus. Joku oli muurannut seinän umpeen tiili tiileltä. Nainen oli suljettu seinän taakse. Siksi hän oli itkenyt ja ojentanut epätoivoisena käsiään.

Pietari saapui aamiaiselle muutaman minuutin myöhässä. Vaikka pää ja kasvot oli pesty huolellisesti, näky

121

ei ollut kehuttava. Ruhjeet olivat turvonneet ja niistä valui verensekaista nestettä.

— Onko herra insinööri käynyt yöllä ulkona tappelemassa, vuokraemäntä kysyi. — En yhtään huomannut.

Hän lähti kaapilleen hakemaan sideharsoa. Silja ryntäsi paikaltaan, kiersi kätensä Pietarin kaulan ympäri ja puristi tätä itseään vasten. Hän punastui, palasi paikalleen ja jäi tuijottamaan lautastaan. Vuokraemännällä oli ilmeisen pitkä kokemus nuorista miehistä vuokralaisina. Hän sitoi taitavasti Pietarin pään ja tipautti särkylääketabletin hänen lautaselleen. Silja meni pian huoneeseensa edelleen punaisena. Pietari lähti töihin Siljan käden tuntu kaulallaan. Kahden naisen kuvat pyörivät hänen silmissään vielä työpöydän ääressä.

Seuraavina päivinä seinän nainen istui usein sohvalla itkemässä. Hän meni pois vasemmalle mutta palasi takaisin. Hän käveli pitkin huonetta ja tuli välillä aivan kuvan etureunaan, mutta ei astunut koskaan siitä ulos, kuten jalat olivat tehneet ennen kuvan laajenemista. Miestä ei enää näkynyt, yhtään vierasta ei käynyt.

Naisessa oli jotain puoleensavetävää. Hän ei ollut kaunis siinä mielessä kuin kauneus esiintyy misseissä ja malleissa, mutta hänen piirteensä olivat kiinnostusta ja mieltymystä herättävät ja hänen silmänsä vetivät katsomaan niitä pidempään ja pidempään. Naisen kärsimys herätti myötätuntoa. Näin Pietari oli ajatellut ja muistiin merkinnyt pian seinän aukeamisen jälkeen. Hän katseli naista joka yö puoliyöstä alkaen siihen asti kunnes näytös loppui tai nainen meni vasemmalle kuvasta pois. Pian Pietari ei pystynyt ajattelemaan muuta kuin naista. Hän ei mennyt iltaisin enää mihinkään, mistä ei ehtinyt ennen puoltayötä takaisin.

Neuvos sai houkuteltua Pietarin yhtenä iltana shakkipeliin. Tämän siirroissa ei ollut juuri tolkkua. Neuvos katsoi kummastuneena.

— Minulla on ongelma, minä olen rakastunut, Pietari sanoi.

— Mikäs siinä, neuvos vastasi, onnea vaan. Tuotko hänet tänne vai muutatko pois?

— Ei, ei. Ongelma on siinä, että olen rakastunut kahteen naiseen.

— Etkä tiedä, kumman valitsisi.

— Juuri niin. Toinen on maallinen ja toinen taivaallinen. Siis toinen on lihaa ja verta, toinen on henki.

— Just, just. Nykynuorista ei ihan selvää otakaan. Mutta mitä sillä on väliä. Valitset kuitenkin väärän.

— Miten se voi niin olla?

— Nyt tiedät molemmista vain hyvät puolet. Valitsemastasi opit myös huonot puolet. Toinen jää haavekuvaksi.

Pietari oli täysin seinän naisen lumoissa. Kuva seinässä tuli aina näkyviin tasan kello kaksitoista. Joskus nainen tuli pian huoneeseen, joskus ei ollenkaan, ennen kuin seinä pimeni. Pari viikkoa ennen juhannusta Pietarista alkoi tuntua, että nainen näki hänet. Naisen silmät seurasivat häntä, kun hän liikkui huoneessaan. Joskus nainen ojensi kätensä mutta veti sen takaisin aivan kuin olisi havainnut, että Pietari ei ollut todellinen. Pietarin johtopäätös oli, että nainen näki hänet, Pietarin, samalla tavalla kuvana seinässä, kuin Pietari näki naisen. Seuraavana iltana nainen oli sohvallaan istumassa heti, kun seinä valkeni. Hän näytti seuraavan, kun Pietari luki päivällä ostamaansa kirjaa. Nainen meni kuvasta pois vasemmalle mutta palasi hetken kuluttua saman kirjan vanhempi painos mukanaan ja asettui sohvalle sitä lukemaan.

Loppuyö ja seuraava päivä menivät sekasortoisissa ajatuksissa. Pietari odotti iltaa mitään tekemättä. Kun seinä valaistui, nainen oli taas sohvallaan. Pietari meni aivan seinän viereen ja levitti kätensä. Nainen tuli hymyillen hänen eteensä. Pietarin sydän oli menetetty.

Naisen vaatetus oli vuosikymmeniä vanhaa. Oliko hän heijastuma menneisyydestä? Vai näyttelijä jossain muualla? Joka tapauksessa nainen oli vain kuva seinällä. Pietarin oli myönnettävä itselleen, että hän oli rakastunut naiseen. Mutta nainen ei ollut todellinen. Ihan sama kuin olisi ihastunut vanhan elokuvan näyttelijään, joka oli kuollut jo vuosia sitten. Oli järjetöntä antaa sellaisen estää omaa elämää. Oma elämä oli työpaikalla, kaupungilla ja – Siljan luona.

Pietari päätti taas kerran lopettaa naisen katselun ja veti verhot eteen. Kului kolme tuskaista päivää ja hänen oli pakko avata verhot. Huolestuneen naisen katse kirkastui. Hän hymyili ja samalla puisti moittivasti päätään. Pietari järkeili, että hänen aivonsa kehittivät harhakuvan. Nainen oli olemassa vain hänen päänsä sisällä. Asia selviäisi helposti. Hän pyytäisi jonkun toisen katsomaan. Mutta ei. Sitä hän ei tekisi. Tuo toinen näkisi naisen ja nainen näkisi tuon toisen. Nainen oli Pietarin, yksin hänen.

Kuvan nainen piti häntä vallassaan. Mutta hän alkoi väsyä tilanteeseen. Asunnossa oli myös toinen nainen, todellinen ja lihallinen. Pietari päätti joka aamu pitää seinän verhon kiinni ja etsiytyä Siljan seuraan. Joka ilta hän rikkoi päätöksensä.

Yhtenä päivänä Pietarin mieleen tuli tarkkailla seinän naista niin, että tämä ei näkisi häntä. Hän meni hyvän aikaa ennen puoltayötä sänkynsä alle piiloon ja järjesti helmalakanaan kapean raon, josta näki seinän keskiosan. Puoliyö tuli ja seinä valaistui. Nainen tuli nopeasti esiin vasemmalta. Hän katseli Pietarin huonetta kumpaankin suuntaan. Kun Pietaria ei näkynyt, hän meni pois mutta palasi kohta takaisin pölynimuri mukanaan. Hän imuroi lattian ja sohvan tarkasti ja meni pois imurinsa kanssa. Pian sen jälkeen seinä pimeni.

Pari seikkaa jäi askarruttamaan Pietaria. Nainen oli selvästi kolmekymmenluvulta. Mutta oliko silloin jo pölynimureita? Naisen imuri oli selvästi vanhanmallinen, mutta kuitenkin sellainen, joita Pietari oli nähnyt käytettävän lapsuudessaan. Toinen outo seikka oli, että imurista ei johtanut sähköjohtoa mihinkään. Sen kosketin repsotti rikkinäisenä pienen johdonpätkän päässä. Kuitenkin imuri oli selvästi imenyt.

Kauhea uutinen tavoitti Pietarin vähän ennen juhannusta. Vuokraemäntä kertoi laittaneensa asunnon myyntiin. Hän oli tullut vanhaksi ja aikoi muuttaa vanhainkotiin. Sitä paitsi asunnossa kummitteli. Eikö vuokralainen ollut sitä huomannut? Asunto piti tyhjentää seuraavalla viikolla.

Kauhu ja lamaannus valtasi Pietarin. Hän ei voinut elää ilman seinää, sen kuvaa, sen naista. Hän istui nojatuolissaan aprikoimassa mitä tehdä. Silja tuli yllättäen hänen huoneeseensa.

— Tässä huoneessa on jotain outoa, hän sanoi. — Jotain pelottavaa, jokin outo voima. Minä tunnen sen. Minä en pystyisi asumaan täällä päivääkään.

Tuo juuri oli Siljassa niin lumoavaa. Hän oli herkkä. Hän tunsi, että huone oli kummallinen, vaikka seinä oli pimeänä. Hän voisi antaa kaiken sen, mitä seinän nainen lupasi vain haavekuvana.

— Etkä sinäkään voi hyvin, Silja jatkoi. — Sen näkee päältä. Edellinen vuokralainen tuli hulluksi ja lähti pakoon. Onneksi mekin lähdemme täältä pian. Kuulin juuri, että asunto on myyty. Kaikkien pitää lähteä huomisiltaan mennessä.

Pietari hätkähti.

— Jo huomenna. En ole käsittänyt.

— Aika on muuttunut. Uusi ostaja haluaa asunnon heti.

— En ole hankkinut uutta asuntoa. Mitä ihmettä minä teen?

— Minä vuokrasin jo uuden, Silja sanoi silmät loistaen. Se on turhan suuri yhdelle.

Hänen silmänsä kertoivat, miten liikaa tilaa voisi täyttää, ja kuka olisi oikea henkilö sitä täyttämään. Pietari ei tiennyt mitä sanoa. Tarjous tuli yllättäen. Kuinka ihanaa se olisi. Olla Siljan kanssa yhdessä joka päivä. Ilman muita. Mutta...

— En voi, on toinen, Pietari sanoi hiljaa.

— Ei ole, Silja huusi. Ei ole ketään. Sinä et käy koskaan missään. Sinä vain istut nojatuolissa unelmoimassa tai luet kirjoja. Se ei ole tervettä. Minun kanssani voit elää oikeaa elämää.

Silja oli aivan oikeassa. Pietarin haave-elämä oli sairasta. Siitä oli pakko päästä irti. Hänenhän oli pakko lähteä joka tapauksessa. Silja katsoi häntä kauan. Pietari istui voimattomana nojatuolissa. Silja kääntyi ja lähti hitaasti pois. Pietari ryntäsi hänen peräänsä. Kun hän oli oviaukossa, seinä välähti kirkkaaksi. Seinän nainen katsoi suoraan Pietaria kohti. Hänen katseensa oli surullinen ja moittiva, aivan kuin hän olisi nähnyt ja kuullut kaiken. Pietari paiskasi huoneensa oven kiinni ja asettui takaisin nojatuoliin.

Seuraavana aamuna Silja ei tullut aamiaiselle. Hänen huoneensa oli tyhjä.

Pietari ei mennyt aamulla töihin, vaan jäi miettimään mahdollisuuksia. Ehkä asuntokaupan voisi sabotoida. Ehkä asunnosta löytyisi jokin piilevä vika. Hän haki myynti-ilmoituksen välittäjän mainoslehdestä. Asunnosta oli kuva sekä sisältä että ulkoa. Ulkokuvassa näkyi hänen huoneensa parveke ja laidassa naapurin ikkuna. Jokin ei täsmännyt. Työskentely viivoittimen kanssa kuvaruudulla ja metrimitan kanssa asunnossa paljasti epäsuhdan. Pietarin huoneen ja naapurin ikkunan välillä oli ulkoseinällä metrikaupalla liikaa mittaa. Ainoa järjellinen ratkaisu oli, että asuntojen välissä oli tyhjä tila. Ja se oli sen seinän takana, jossa nainen esiintyi.

Pietarin mielessä syntyi ajatus. Epätoivoinen ajatus, mutta ajatus kuitenkin. Vielä oli monta tuntia aikaa. Vuokraemäntä oli Marttojen kokouksessa koko päi-

vän, eikä neuvoskaan ollut kotona. Nopeasti rauta-
kauppaan ja sitten toimeksi.

Vuokraemäntä, vanha arvokas valkotukkainen les-
kirouva, oli saanut asunnolleen ostajan. Hän oli luo-
vuttamassa tyhjennettyä asuntoa ostajalle.

— Tämä huone on hieno. Täällä oli alivuokralai-
sena nuori mies. Oikein kiltti ja kohtelias. Aina oli
illat kotona. On varmaan jo muuttanut, ei ole näky-
nyt sitten eilisaamun. Tavaransa näkyy vieneen. Ei
sanonut hyvästiä. Mahtoi suuttua, kun joutui lähte-
mään. Kovin piti asunnostaan. Ai tuo verho? Ei, ei
siinä ole koko seinän ikkunaa, ei siinä ole ikkunaa
lainkaan, pelkkä umpiseinä vain.

Rouva veti verhon syrjään. Esiin tuli kiviseinä,
jonka maali oli vuosien saatossa hilseillyt. Seinän lai-
dassa oli maalaamaton rapattu alue, kuin pieni oviauk-
ko. Rappaus oli alhaalta sileää mutta kävi ylempänä
epätasaiseksi. Parissa ylimmässä aukkoon muuratussa
tiilirivissä ei ollut rappausta lainkaan. Ostaja rapsutti
uutta rappausta auton avaimilla hapan ilme kasvoil-
laan. Se oli vielä kosteaa ja pehmeää.

Lattialla seinän vieressä oli laastipölyä. Onneksi
pöydän alla oli pölynimuri.

— Miten tuo on tuossa, rouva huudahti. Se on
minun imurini. Sain sen yhdeltä naapurin leskimiehel-
tä. Hän sanoi että se oli ihan mahdoton. Antoi sähkö-

iskuja ja puhalsi välillä pölyt silmille. Sitä täytyi potkaista lujaa, että sai sen ylipäätään toimimaan. Minulla se toimi hyvin. Minulla on sellainen ajatus, että koneet toimivat, kun niitä kohtelee hyvin, kuten ihmistä. Juttelee, kehuu ja silittelee.

— Imuri ei toimi niin. Kaikkea sitä kuulee.

— Minulla oli aiemmin tässä huoneessa vuokralainen, joka sekosi. Hän hukkasi tuon imurin. Lainasi muuttosiivoukseen. Sanoi aamulla, että se on hävinnyt. Ja nyt se on tuossa.

Kiukkuinen ostaja kiskaisi imurin itselleen, käynnisti sen kovalla potkulla ja alkoi imuroida seinän vierestä. Hetken päästä imuri tukkeutui. Mies katsoi letkuun. Imuri puhalsi kaiken sisältönsä hänen kasvoilleen.

Vanha rouva vetäytyi kauhistuneena kauemmas. Hän huomasi pöydällä nipun koneella kirjoitettuja papereita. Päällä oli tarralappu, jossa luki "Siljalle". Ensimmäisellä arkilla oli otsikko "Jalat".

Makuuhuone, 1990

Tuitu Mikkonen

Karhu nukkuu, karhu nukkuu, eipäs nukukaan. Tiedän, että se ei nuku, vaikka maataan seläkkäin ja säkkipimeässä. On liian hiljaista ja liikkumatonta. Voisi jopa luulla, että mies on kuollut, mutta tiedän senkin, ettei ole. Aistin hänen hereillä olonsa kehojemme välisestä jännitteestä ja makuuhuoneen latauksesta. Pelaamme joka yö tätä peliä, jossa voi voittaa kahdella tavalla. Joko nukahdat ensimmäisenä tai olet se, joka makaa pisimpään ihan liikkumatta ja hiljaa niin kuin et oikeastaan edes olisi. Kaksi vuotta, kolme, kauanko on pelattu?

On meillä ollut toisenlainenkin aika. Silloin unensaanti ei ollut ongelma, tai jos jokin satunnainen stressi valvottikin, sai toisen herättää seuraksi. Siinä kahdeksankymmentä senttiä leveässä sängyssä ja saman peiton alla supattelimme elämää eteenpäin. Kuinka tulisi lettipäinen pikkutyttö ja pisamainen, aina pisamainen ja rupipolvinen pikkupoika. Nyt meillä on parisänky, omat untuvapeitot ja tyynyt barrikadiksi kasattuna. Ketä vastaan? Olisiko toisin, jos seinän takana olisi pinnasänky tai valkoiseksi maalattu kerrossänky? Siellä nukkuisi se pikkutyttö, tukka hajallaan lettien jättämillä aalloilla. Yläsängyssä rupipoika, hän näkisi painajaista ja kömpisi sen jälkeen meidän keskellemme.

Teen bodyskannin. Vasen korva tiukasti tyynyä vasten, kuulen simpukan kohinan. Tyynystä on ilmat pihalla ja sen pinta on nihkeä. Patja ei tee tilaa, joten olkapääni on hankalasti puristuksissa sängyn ja rintakehäni välissä. Kädet olen taitellut siististi vasemman posken alle, muutakaan paikkaa en keksinyt. Peitto ja yöpaita tiukasti vatsan ja reisien ympärillä, vasemmalla säärellä on kuristusote oikeasta. Olen tehnyt itsestäni tiiviin paketin. Varpaitani palelee, missä villasukat? Entä hengitys, kulkeeko ilma sisään vai ulos?

Paikoillaan maatessa ehtii ajatella monenmoista, liinavaatteiden laatua ennen ja nyt, Rauman pitsiviikkoa ja pussilakanoita, jotka vein Pelastusarmeijan joulupataan. Huomenna on elokuun viimeinen. Pitäisikö kutsua jouluksi sukua. Ei. Vietämme tämänkin joulun kahdestaan. Ei hössötystä, ei lahjarallia, ei vaivihkaisia katseita vatsaani. Yläkerran naapuri odottaa vauvaa. Paha ajatus välähtää. Hävitän sen ennen kuin sille tulee tarkempaa muotoa. Tulee laulunpätkää ja kauppalista ensiviikoksi. Mummo kanasensa niitylle ajoi. Missähän mieheni kulkee?

Verhokerroksesta huolimatta pimeään makuuhuoneeseen tunkee hämärää, hapsuja. Ne piirtävät siluetit yöpöydälle, lukulampulle ja kirjapinolle. Pinon päällimmäisenä on muistikirja. Aion kirjoittaa siihen tarinan lapsettomaksi jääneestä pariskunnasta pian, lähiaikoina. En nyt. En halua ajatella sitä. Kuvittelen yötä ikkunan takana. Mitä kello on? Ratikat eivät enää kulje, mutta arvaan taksien suhahtelevan Mannerheimintietä kaupunkiin päin. Keltaiset kyltit katoilla. Tien yli pingotetuissa vaijereissa roikkuu katulamppuja. Ne heiluvat tuulessa ja näyttää, että valot syttyvät, sammuvat, syttyvät ja sammuvat. Kuvittelussani yöllä on sähkön haju.

Jos ikkuna olisi auki, liukenisin ulos. Kahisuttelisin ensin kadun varrella kasvavien puiden latvoja ja suuntaisin sitten kohti katulamppuja. Katsoisin ihan läheltä, kuinka uhkarohkeat pikkukärpäset lentävät valoa päin. Ne törmäilevät katulamppuihin, loistavat hetken kipinöinä, kaunista mutta kipeää, sammuvat sitten ja leijailevat tuhkahippuina katuun. Katselisin niiden varisemista ja haistelisin kosteaa asvalttia. Sitten palaisin makuuhuoneeseen ja peiton alle kylmissäni mutta onnellisena, ja voi olla, että painaisin kylmää hohkavat varpaani miehen sääriä vasten. Voi olla, että hän ottaisi lähellensä ja lämmittäisi. Voi olla. Seinän takaa kuuluu lattialaudan narahdus ja sitten kirskaus. Naapurissakin kaivataan raitista ilmaa. Tänä yönä ei juhlita.

Makuuhuoneen ikkunasta on tullut suhteemme vessanpöntön kansi. Haluaisin nukahtaa iltaisin ikkunat auki ulkoilmaan ja vähenevään valoon. Silloin tuntisin olevani vapaa lipumaan uneen. Mieheni on toista maata. Nukkumaan mennessä hän sulkee ikkunat ja vetää niiden eteen sälekaihtimet, mustan pimennysverhot ja lopuksi vielä tummanvihreät samettiverhot. En tiedä haluaako hän sulkea itsensä sisään vai maailman ulos. Hiljaista pitää olla ja pimeää. Kuin haudassa. Sellainen pimeys istuu rintani päälle ja käärii minut ummehtuneeseen pumpuliin, lasivillaan. Aamulla miehen kelloradio päästää remakan äänen, enkä minä en tiedä sen pimeyden keskellä, onko yö vai päivä. Meidän olisi pitänyt ymmärtää, mitä siitä seuraa, kun toinen valon lapsi on ja toinen pimeydessä vaeltaa. Että ei näin eripariset pysty lisääntymään keskenään. Mitä siitä olisi tullut, risteymä, pyyteeri, epäsikiö. Paras ohittaa tuo.

Skannaan uudestaan. Vasen korva, olkapää, kädet, muuttumaton tilanne. Reidet ja sääret lukkopuristuksessa. Huomaan pidätteleväni hengitystä, ja sitten oikea jalkani alkaa krampata. Päästän ähkäisyn ja häviän. Tämän yön peli on ohi.

Mies kysyy, mikä on. Nousen ja painan jalkapohjaani vasten lattiaa, sillä tavalla suonenveto menee nopeammin ohi. Hamuilen pimeässä villasukat jalkaani, sitten asettelen tyynyt ja itseni uudelleen vuoteeseen. Mies kietoo käden ympärilleni ja mietin, pitäisikö mennä juomaan. Ei kuitenkaan. Hetken päästä hänen kätensä alkaa painaa. Siirrän sen lonkkaluun päälle, ehkä tämä tästä.

Makuuhuone, 2015

Kirsi Rajapuro

— Tähän vain sinä voit vastata: olisiko se mies voinut tehdä niin? Onko hän sellainen mies, jonka voisit kuvitella tekevän sellaista, lääkäri sanoi pitkän tovin jälkeen, katsoen Jenniä kapeiden lukulasien ylitse.

Jenni katsoi lääkärin käsiin, kuivat ja steriilit, puhtaat kynsinauhoja myöten.

— En tiedä. En todellakaan tiedä.

— No, kirjoitan kuitenkin lähetteen lisätutkimuksiin, jotta voimme sulkea pois aivoverenkierron häiriöt.

— Kiitos, Jenni kuiskasi ja nousi, kaikki kuulosti niin kohtalokkaalta.

— Niin... jos olisit tullut heti, olisimme verikokeista voineet ehkä löytää jotain, lääkäri lisäsi, kuin puolustellen ja levitti käsiään.

Jenni tuijotti miestä hetken, heilautti sitten kättään hyvästiksi.

Miksei hän tullut heti? Koska pikkujoulut. Koska epäusko. Koska häpeä.

Jenni oli kutsunut Villen asunnolle kuntosalin pikkujoulujen jälkeen, se oli sovittu jo etukäteen. Kimppakämppis oli ulkomaanmatkalla, koko asunto olisi heidän. Jenni lupasi varata yöpalaa ja Ville kuohuviiniä. He olivat tutustuneet kuntosalilla ja tapailleet Villen kanssa jo puolisen vuotta, välillä harvemmin, välillä kiihkeämmin. Suhde sopi molemmille avioeron jälkeiseen ei-kenenkään aikaan, kun ei tehnyt mieli sitoutua ja silti tuntui onnettomalta olla yksin. Ville oli jättänyt, Jenni oli jätetty, muuten mentiin tasoissa selviämisessä ja seksinnälässä. Ville oli helppo. Hassua, sitä mies sanoi Jennistäkin. Helppo.

Tämän viimeisen yhdessä vietetyn yön jälkeinen aamu oli kuitenkin ollut kummallinen. Jenni heräsi päivänvaloon tokkuraisena ja tolaltaan, jotenkin pelästyneenä, ikkunan heijastaessa kirkasta aamua avonaisten sälekaihtimien raosta. Hän tunsi, että oli alasti, ja näki vaatteet lattialla yksitellen heiteltynä. Ville oli tehnyt kahvia ja tarjosi sitä mukista virnuillen:

— No, herätäänhän sieltä vihdoin.

— Mitä tapahtui?

— Vai mitä tapahtui? Kaikkea tosi kivaa, etkö muista, Ville hymyili.

Jennillä ei ollut krapulaa, vaan outo, unenomainen olo. Hän muisti, että pikkujoulut olivat olleet tylsät ja että he olivat lähteneet aika pian ruuan jälkeen. Jenni laski, että hän oli juonut korkeintaan kaksi pientä lasia viiniä ruuan kanssa. Hän muisti taksimatkan asunnolle ja kuinka he nousivat hissillä ylös. Sitten hän otti yöpalan jääkaapista ja laittoi sen keittiön pöydälle.

Ville avasi kuohuviinipullon ja toi sen hänen perässään parvekkeelle. He kilistivät lasejaan ulkona kaupungin yötaivasta katsellen ja polttivat savukkeet. Mannerheimintie oli täynnä kohinaa, takseja ja yöbusseja, kadulla joku hoilasi. Iso puu parvekkeen edessä taipuili viimassa. Viimeinen muistikuva oli puun kohinasta ja kylmyydestä parvekkeella.

— Mä en muista oikein mitään sen ekan kuoharilasin jälkeen, Jenni mumisi.

— Et muista? Mehän syötiin niitä sushirullia ja juotiin lisää. Sä halusit välttämättä soittaa Amy Winehoussia luuppina. Rehab, no, no, no... Ville hyräili nuotin vierestä.

— Mä en muista mitään. Vähän outoa.

— Se on kyllä harmi. Oli meinaan aikamoinen sessio. Sä olit varsinainen villipeto.

Ville näytti imujälkiä kaulassaan, pyörähti ympäri, ja laski froteepyyhkeen lanteiltaan, nauraen matalasti. Alaselkä oli raavittu verille, pakaroissa oli pahat hampaanjäljet. Jenni tunsi kauhua. Miksei hän muistanut mitään? Pelkkää mustaa, tiedotonta pimeyttä, vaikka hän kuinka yritti muistaa.

— Onks mussa jälkiä? Jenni kysyi äkkiä. Töissä osastolla sellaiset näkyisivät heti, ei työasulla voinut mitään peittää.

— No ei oo, en kai mä sellaista tekis. Ville tuli viereen sänkyyn ja kaivautui kiinni hänen selkäänsä,

137

hivutti käsivartensa hänen lanteilleen ja nuuski Jennin niskaa. Jenni jähmettyi ja vetäytyi kauemmas.

— Mun täytyy käydä vessassa, hän mumisi ja ponnisteli ylös. Päätä huimasi ja outo olo jatkui. Hän muisti nyt, että oli yrittänyt herätä jo moneen kertaan, mutta oli joka kerran vain vaipunut takaisin horrokseen. Eteisen käkikello näytti yhtä. Kuohari oli otettu paljon ennen keskiyötä.

Kylpyhuoneen peilistä katsoi kalpea nainen, punertavin silmin, sairaan näköinen. Samoin tein hän tarkasti käsipeilillä itsensä päästä jalkoihin. Missään ei ollut mitään outoa. Palatessaan hän kävi keittiön kautta ja näki ruokapöydällä puoliksi syödyt sushirullat. Ne haisivat. Miten hän oli jättänyt kalaruuan pöydälle yöksi? Jenni sujautti ne roskikseen ja etsi kuohuviinipulloa. Se löytyi tyhjänä tiskipöydän alakaapista. Hän nuuhkaisi sitä. Se oli kirkkaaksi huuhdeltu, ihan puhdas, kuin tiskiaineella pesty. Samoin kuin kaksi siroa, pitkäjalkaista samppanjamaljaa, alassuin tiskipöydällä.

Jenniä värisytti. Hän puki aamutakin päälleen kylpyhuoneesta ja palasi makuuhuoneeseen. CD-soittimessa paloi vielä valo. Hän painoi sen päälle, ja Amyn ääni parahti täysillä asuntoon. Volyymi oli todella huikea. Naapureilla oli ollut korvissa pitelemistä. Jenni vaimensi äänen.

Mies katsoi häneen sängystä odottavasti.

— Mun täytyy lähteä ulos, päätä särkee hirveästi, Jenni valehteli. – Muutenkin, se kämppis on tulossa tänään takaisin, tarvii vähän siivota. Se on niin tarkka.

— Ei kai sun nyt heti, mies maanitteli.

— Heti, Jenni sanoi jäykästi, otti vaatteensa ja lähti kylpyhuoneeseen pukemaan. Ei tehnyt mieli olla sekuntiakaan alasti Villen seurassa.

Jenni rupesi siivoamaan ja Ville häipyi vähin äänin asunnosta. Seuraavaa tapaamista ei sovittu. Sunnuntai kului toipumisessa.

Roskapussia viedessään Jenni törmäsi alaovella alakerran naapuriin, Leilaan. Nainen katsoi häntä pitkään, eikä malttanut olla sanomatta vinosti hymyillen:

— Teillä oli aika bailut eilen. Ei meinannut korvatulpatkaan riittää.

Häpeä ja kauhu valui kuumana Jennin kasvoille.

— Sori, soitettiin vähän liian kovalla musiikkia varmaan...

— Ai, mä luulin että teillä oli oikein kunnon disko siellä, semmoista jymistämistä ja huutoa. Ei se mitään, saahan sitä nuoret kavereittensa kanssa joskus bailata. Vaan on hyvä laittaa lappu etukäteen tohon taululle, jos on isommat bileet.

— Joo, niin varmaan. Sori vaan siitä. Ens kerralla muistan.

Leila huiskautti kättä hymyillen ja katosi hissiin. Jenni tärisi kävellessään roskikselle ja jäi pyörimään neuvottomana jäteastioiden välille. Mihin piti laittaa haisevat sushirullat? Biojäte vai sekalainen?

Olohuone, 2009

Leena Partanen

Jokaisen kuukauden ensimmäisenä sunnuntaina kello viisi iltapäivällä istuin hänen olohuoneensa punaiselle plyysisohvalle. Selkääni tuki virkattu koristetyyny ja korvani juuressa naksutti seinäkello Hjalmar Munsterhjelmin maalaaman kesäisen järvimaiseman vieressä.

Huoneiston pimeä eteinen oli tuoksunut lapsuudestani asti naftaliinille. Kouluikäisenä kyselin äidiltä, miksi asunnossa haisi aina samalta. Äiti vastasi, että naftaliini säilytti kaiken ennallaan, sellaisena kuin täti tahtoi. Rokokoolipastolle oli kesälläkin sytytetty lampetti, jonka rungosta roikkui pieniä kristallikimppuja. Ne heijastivat valon tummalle pinnalle säihkyväksi karuselliksi. Messinkitelineessä sojottivat edelleen samat sateen- ja päivänvarjot, joilla olin saanut leikkiä lapsena.

Prinsessavarjo avattuna pyörähtelin viisivuotiaana olohuoneesta pariovien kautta tädin ja sedän makuuhuoneeseen ja edelleen parvekkeelle. Äiti ja täti puhuivat sillä aikaa aikuisten asioista, sedän kuolemasta ja taidekaupan myynnistä. Rokokoopeili roikkui yhä varjoja vastapäätä. Ennen teehetkiä oli hyvä vilkaista, että ulkoasu oli kunnossa.

Täti piti tyylikkäistä ihmisistä ja sellainen olin ollut koko aikuisikäni. Vakioasuni iltapäiväteelle olivat mustat leveälahkeiset Chanelin housut, Sandin silkkipusero ja lyhyt punaruutuinen jakku, mustat Bruno Maglin korkokengät ja Longchampin käsilaukku. Joskus vaihdoin yläosan Escadan tai Diorin jakkuun. Nutturalle kammatut mustat hiukseni leijuivat uusimman hittiparfyymin pilvessä. Huoneiston tunkkainen naftaliini peittyi hetkeksi sen alle.

Talon rappukäytävä oli aina rauhallinen ja siisti. Kenkieni kopse kaikui tyhjässä portaikossa noustessani talon kolmanteen kerrokseen. Aloin vältellä hissiin menemistä sen jälkeen, kun sen lattia jäi kerran reilusti alle porrastasanteen pinnan. Paniikissa ajoin takaisin kellarikerrokseen ja istuin hetken rauhoittumassa talon seinustalla olevalla penkillä.

Täti toivoi tietysti naapurin osuvan kanssani samaan aikaan rappukäytävään tai vähintään kyttäävän ovisilmästä. Suurin osa tädin ystävistä oli kuollut. Minä ja äiti olimme hänen ainoat sukulaisensa ja ilmeisesti myös vieraansa. Äidin jouduttua hoitokotiin teehetket olivat minun velvollisuuteni. Joskus täti puhui nuoren avuliaan talonmiehen, Markuksen, vaihtaneen huoneistossa lamppuja ja säätäneen talvella patterit sopivan lämpöisiksi. Sillä aikaa täti oli väsännyt kolmioleipiä ja keittänyt teetä.

Arvokkaasti täti saatteli minut aina samassa harmaassa jakkupuvussaan ja aidot helmet kapealla kaulallaan olohuoneeseen tutun sohvan nurkkaan. Vuosikymmenien saatossa kuluneet istuintyynyt olivat painuneet kuopalle. Takapuoleni upposi sinne niin, että polveni nousivat yläviistoon kuin mäkihyppääjän sukset. Taulujen välissä tummilla kuviotapeilla paloi pieniä lampetteja ja keskellä huonetta roikkui kristallikruunu. Seinät olivat täynnä suomalaisen kultakauden arvotaidetta Elin Danielson-Gambogista Victor Westerholmiin.

Vuosi sitten iltapäiväteelle tullessani pudotin laukkuni huolettomasti sohvan viereen lattialle ja yritin rentoutua, vaikka olin juuri riidellyt Peterin kanssa puhelimessa. Täti istui minua vastapäätä korkeaselkäisessä nojatuolissa sääret sievästi vinossa vierekkäin, jalkaterät matalissa kiiltonahka-avokkaissa. Teetarjotin oli valmiina pannuineen ja kuppeineen. Tapansa mukaan hän katosi keittiöön ja kiikutti sieltä lautasellisen lämpöisiä skonsseja ja hilloa. Hän ojensi minulle sinivalkoisen kupin ja kysyi, halusinko teeni sitruunan vai maidon kanssa, vaikka tiesi etukäteen vastaukseni. En halunnut kumpaakaan.

Kyseisenä iltapäivänä täti katsoi minua hiljaisena ja vähän loukkaantuneen oloisena. Hän vaikutti oudolta ja kysymättä kuulumisiani töksäytti:

143

— Voisit nostaa käsilaukkusi lattialta, se tietää köyhyyttä.

Käsilaukku lattialla pilasi hänen iltapäiväteensä. Purskahdin nauruun ja bergamottiöljyltä löyhkäävää Earl Greytä läikähti Chanelin housuille. Tädin permanentatut hopeanharmaat kiharat painuivat nojatuolin selkänojaa vasten, uurteiset poskipäät nousivat viuhkamaiseen hymyyn ja hänen hengityksensä vinkui kuin kevyt pillin vihellys.

— Sittenpähän näet.

Parin viikon kuluttua tädin ennustuksesta Peter halusi avioeron. Toinen lakitoimiston osakkaista oli minua parempi sijoitus. Vaalea fitnessmimmi ja tiukka lakinainen. Omaisuutemme myytiin. Siitä huolimatta molemmille jäi reilut velat. Peterille se oli suupala paahtoleipää, minä tukehduin omaani, varsinkin sitten, kun minut lomautettiin markkinointisihteerin paikalta ja jäin peruspäivärahalle.

Pankkitilini hupeni muutamassa kuukaudessa. Sen jälkeen myin osan garderobini parhaimmista vaatteista, kengistä ja laukuista. Seuraavat viikot pärjäsin vielä hyvin pienessä lähiöyksiössä, jonka seiniä päin kävelin ensimmäiset päivät. En ollut koskaan asunut niin ahtaasti ja öisin betonielementit puristivat minut kuoliaaksi. Kaipasin parin sadan neliön merenrantataloamme ja viikonloppumatkoja Euroopan suuriin kaupunkeihin ja idyllisiin maalaiskartanoihin.

Kävin tädin luona edelleen niin kuin mitään ei olisi tapahtunut. Täti ihmetteli, miksei pikkumersuni ilmestynyt kadun viereen vaan matkustin bussilla tai raitiovaunulla. Hän oli aina kiinnostunut uusimmista vaatehankinnoistani. Kerroin, miten tylsäksi muoti oli muuttunut eikä soppailu enää kiinnostanut. Söin ahnaasti hänen skonssejaan säästääkseni päivän ruokarahat ja toivoin, että lautasella olisi myös pieniä kurkkukolmioleipiä. Kaappeihini kertyi tarjousmakaronia ja hernekeittopurkkeja. Kävin päivittäin läpi ruokakaupan punalappuiset leikkelekinkut, pinaattiletut ja maksalaatikot saadakseni vaihtelua aterioihini. Kaipasin keskustan herkkupuotia, jonne olin kerran viikossa ajanut taksilla ja täyttänyt herkuilla kotimme jääkaapin.

Sitten rahat loppuivat viikkoa ennen päivärahan maksupäivää. Seisoin K-supermarketin eteisessä ja työnsin viimeisen euroni hedelmäpeliin. Värikkäät kuviot vilisivät silmissäni ja pysähtyivät yksitellen karahtaen paikoilleen. Kymmenen euron voitto toisi päivän ruokarahan ja saisin ostetuksi bussilipun sunnuntain teevisiittiä varten. Kone oli tyly. Yksi sitruuna ja kaksi luumua. Käteni puristi mustaa Longchampinlompakkoa, jossa oli jäljellä vain yksi viiden sentin lantti.

Istuin penkille ja kumosin lompakon sisällön syliini. Väliköt olivat täynnä vanhoja kassa- ja taksikuitteja. Muistutuksia ylellisestä elämästäni. Jospa niiden välissä olisi edes yksi viiden euron seteli. Ei ollut. Kuittien seasta löysin lottokupongin, jonka äiti oli käynyt ostamassa hoitajansa kanssa R-kioskilta ja antanut minulle pari kuukautta sitten syntymäpäivälahjaksi. Sillä saattaisi saada muutaman euron. Iva äidin lahjaa kohtaan purkautui pieniksi naurun ryöpsäyksiksi. Olin pilkannut äidin lahjaa ja pahoittanut hänen mielensä. Nyt se oli viimeinen oljenkorteni. Ryntäsin palvelupisteen kassalle. Nuori myyjä hymyili ja otti kupongin vastaan.

— Jos varmuudeksi tarkistat.

Myyjän kasvot muuttuivat oudon kalpeiksi ja hän ojensi kupongin takaisin. Luiseva käsi vapisi ja kuponki putosi lasitiskille Ässä- ja Luontoarpojen päälle.

— Tämän voiton saa vain Veikkauksen pääkonttorista.

Tyttö veti kätensä sinisen työtakkinsa taskuun. Sitten hän hiukan ryhdistäytyi ja nosti pinon iltapäivälehtiä tiskille. Kannessa oli lööppi ex-urheilijan paluusta hiihtoladuille.

— Lainaatko bussirahan? kysyin.

Tyttö mittaili minua ja näpräsi päällimmäisen lehden kulmaa rullalle. Ymmärsin, että hän teki työtään pienellä palkalla. Ehkä hän sai päivittäin rahapyyntöjä ja yritti sivuttaa tilanteen vaikenemalla tai ehkä hänenkin lompakossaan oli vaivaiset viisi senttiä.

Katselimme toisiamme kuin kaksi elämän pettämää naista, jotka ymmärsivät hyvin toisiaan. Tiesivät, miltä tuntuu, kun matto on vedetty jalkojen alta ja yksin oli vaikea kammeta itsensä takaisin pystyyn. Tyttö pälyili ympärilleen. Ketään ei ollut jonottamassa takanani.

— Oota vähän, hän sanoi lopulta ja paineli takahuoneeseen.

— Kiitos.

Vastapäisestä kahvilasta tunkeutui korvapuustien tuoksu kauppakeskuksen käytävään. Pelikoneet vilkkuivat rivissä odottaen ahnaita pelaajia nappuloilleen ja kolikkojen kilinää kaukaloihinsa. Saatuani voittorahat, veisin tytön kakkukahville tai lounaalle. Hän valitsisi varmasti kympin buffet-lounaan. Sanoisin, että katso à la carte -listalta ihan mitä mielesi tekee. Hän saattaisi innostua, tilaisi alku- ja pääruuan ja kalleimman jäätelöannoksen. Parin viinilasin jälkeen hän jo ehdottaisi uutta tapaamista ja haluaisi olla ystäväni.

Sanomatta mitään tyttö pudotti kouraani neljä euroa ja hymyili. Se oli enemmän kuin tarvitsin bussia varten. Hymyilin takaisin ja kiitin. Hedelmä- ja pokeripelit vilkuttivat hyvästejä ja automaattiovet kirskahtivat auki edessäni. Kampaamon vieressä maassa istui kerjäläisnainen kilisyttämässä muutamaa kolikkoaan ruttuisessa pahvimukissa. Kävelin bussipysäkin suuntaan, kaiken tämän ohitse niin kuin sitä ei olisi koskaan ollut olemassakaan.

Ensi sunnuntaina ostan tädille ruusuja ja asettelen ne kauniisti olohuoneen pöydälle kristallivaasiin. Vedän paksut samettiverhot syrjään ja avaan ikkunan. Ehkä hän haluaa teen jälkeen kävelylle. Kun täti hakee leivonnaisia keittiöstä, pudotan käsilaukkuni pieneksi hetkeksi sohvan viereen lattialle niin, ettei hän huomaa. Samaan kohtaan kuin vuosi sitten. Nautimme rauhallisesti rupatellen teetä ja kehun hänen skonssejaan. Minua vastapäätä roikkuu Edelfeltin maalaama auringonlasku. Sitä kohti olen matkalla.

Eteinen, 2018

Leena Partanen

Jokin oli repäissyt minut hereille. Olinko yksin vai oliko tässä hiljaisessa pimeydessä muita? Kaikki tuntui pysähtyneen. Ehkä olin sairaalassa ja yöhoitaja tulisi kohta kertomaan, mitä oli tapahtunut. Omituinen kylmä haju ympäröi minua. Ehkä näin painajaista ja heräisin oman makuuhuoneeni mukavassa moottoroidussa vuoteessa. Laittaisin kohta pientä iltapalaa ja istuisin olohuoneeseen elokuvan äärelle. Kuulisin naapurin oven rehvakkaan paukahduksen ja tietäisin, että seinäni takana asuttiin ja hengitettiin.

En ollut omassa sängyssäni. Olinko edes omassa kodissani? Ehkä olin seonnut tai tein kuolemaa. En leijunut enkä nähnyt kaukana tunnelin päässä kirkasta valoa. Ajatukset tulvivat päähäni, olin hengissä. Makasinko mummon saunarannassa teltassa allani kova hiekkamaa? Vasen käteni tapaili tuttua rosoista laattaa, jonka olin valinnut vuosia sitten eteisen lattiaan. Sitä oli allani ja tukevasti molemmilla puolillani.

Olohuoneen ikkunan täytyi olla raollaan, veto kulki ylitseni paljaille jaloilleni. Ohut yöpaita ei juuri lämmittänyt ja elokuun viileä yö sai käsien ja jalkojen lihakset tekemään teräviä nykäyksiä. Liikutin pätäni hiukan sivulle ja osuin peilin alla olevaan rokokoolipastoon, jonka olin ostanut asuntokaupan yhteydessä vanhan naisen jäämistöstä. Sirosti kaarevan jalan kiiltävä messinkikoriste raapaisi ohimoani. Makasin eteisen lattialla melkein ulko-oven kohdalla.

Koukistin hiukan jalkojani, mutta kipu viilsi selkää ja meni lantion läpi kohti varpaita. En päässyt ylös. Oli oltava paikoillaan. Postiluukusta pudotetut mainokset ja ilmaisjakelulehdet lojuivat vieressäni. Nostin yhden peitokseni. Pari lehtistä lipsahti kädestäni ja liukui lipaston alle. Taputtelin lattialta uusia mainoksia, mutta sormeni osui pieneen terävään esineeseen. Sen toinen reuna oli sileä. Toisen reunat kaartuivat kappaleen keskelle, jonne peukalon kynteni upposi. Helmikorvakoruni kadonnut takaosa. Pyörittelin sitä sormissani ja tunsin oloni paremmaksi.

Mitä minulle oli tapahtunut? Iltapäivällä olin tuntenut itseni huonovointiseksi. Laitoin yöpaidan ylleni ja lepäilin makuuhuoneessa. Ilta-aurinko työntyi sälekaihtimen raosta silmilleni ja samalla kuulin mainosten putoavan postiluukusta. Menin hakemaan niitä eteisen lattialta. Mitä sitten tapahtui, en muistanut.

Jäseneni tuntuivat liikkuvan ainakin vähän. Varpaat, sormet, pää, huulet. En ollut halvaantunut. Sanoin nimeni ääneen: Leila. Luojan kiitos pystyin puhumaan. Niska tuntui kipeältä. Särky työntyi päälakea kohti tasaisina sykäyksinä. Hieroin kevyesti kaulaa korvalehden alta. Se tuntui märältä. Pyyhin käteni yöpaidan helmaan. Hissi kolahti liikkeelle. Se meni ensin ylös ja kohta kerrostasanteen ohitse alaspäin. Minun olisi pitänyt huutaa apua aikaiselta naapurilta tai tuntemattomalta yövieraalta. Tuskin hän olisi kuullut minua.

Ilkka oli halunnut tämän kerrostaloasunnon läheltä keskustaa. Minä ostin meille kodin nuorelta naiselta, joka oli perinyt sen iäkkäältä tädiltään. Ostin sen Ilkalle, tyttärelleni Inkalle ja itselleni. Huoneiston seiniä peittivät silloin tummat kuviotapetit ja vanhan rouvan omistamat upeat taulut. Halusin kodistamme valoisan. Olohuoneesta poistetiin viisi tapettikerrosta, seinät maalattiin valkoisiksi, vanhat puulattiat hiottiin, kaapistot uusittiin ja eteisen lattia laatoitettiin vaaleilla italialaisilla laatoilla.

Oli vain odotettava ja pysyttävä rauhallisena, ei minulla ollut mitään hätää. Inka soittaisi ja alkaisi lopulta ihmetellä, miksen vastannut puhelimeen. Ehkä hän oli lomalla kaivannut minua ja halusi kertoa matkastaan. Vedin lisää mainoksia ylävartaloni suojaksi. Paperi lämmitti hiukan, mutta tasainen pieni tärinä oli hiipinyt kehooni enkä saanut sitä hallittua. Piti pysyä paikoillaan, olla kääntymättä, siten pystyin sietämään selässä ja niskassa tuntuvan kivun. Hiukset olivat valahtaneet silmilleni ja kutittivat silmäluomiani. Vasen pakara ja jalka tuntuivat puutuneilta, mutta en pystynyt korjaamaan asentoani.

Ympärilläni leijui oksennuksen ja Tolun haju. Olin antanut ylen ainakin pari kertaa ennen kuin menin lepäämään makuuhuoneeseen. Roiskeita oli lentänyt lattialle ja pytyn reunoille. Yritin siivota niitä, mutta oksensin uudelleen.

Suutani kuivasi. Hampaiden välissä ja poskissa oli kovia pähkinänpalasia ja punajuurisuikaleita. Ne sekoittuivat kitkeräksi mössöksi suussani ja yritin sylkeä niitä pois. Möykyt valuivat suupielestä poskelle ja edelleen lämpöisenä vanana kaulalleni.

Kuinka nopeasti kuolisin ilman vettä ja ruokaa? Parissa päivässä tai ehkä viikossa. Milloin minut löydettäisiin? Ehkä parin viikon kuluttua, kun ulosteen ja mätänevän ruumiin löyhkä tunkeutuisi rappukäytävään. Olisiko minulla silmät auki ja suu ammollaan löydettäessä? Lehtien ja mainosten keko peittäisi ruumiini. Päällimmäisenä huonekaluliikkeen mainos: Paljon tuotteita -70%. Tai ruokakaupan tarjous: Kotimainen naudanliha 4,99 rasia.

Suuhuni nousi kirpeää nestettä. Yökkäsin. Onneksi sisälläni ei ollut mitään oksennettavaa. Nieleskelin sylkeä ja kuvittelin, että olin juuri juonut raikasta vettä. Makasin mummon pihanurmikolla ja aurinko hyväili kasvojani, kohta mummo huutaisi syömään lihapullia. Yökkäsin uudelleen ja suuhuni tulvinut neste poltti kurkkuani.

Olohuoneeseen nousi vaimeaa päivänvaloa tai silmäni alkoivat tottua pimeään. En tiennyt, paljonko kello oli, kauanko olin tässä maannut. Taulut erottuivat olohuoneen seinästä mustina läikkinä ja eteisen valaisimen helmet sojottivat yläpuolellani omituisena hyrränä. Inkan kone oli laskeutunut monta tuntia sitten, mutta puhelin ei ollut soinut. Tyttö oli mennyt opiskelija-asuntolaan tai isänsä luokse Espooseen. Hän asuisi luonani, jos vain olisin kuunnellut häntä. Täältä olisi viidentoista minuutin matka yliopistolle ja hänellä olisi oma kaunis huone. Minä maksaisin ruuan ja voisimme kokkailla yhdessä iltaisin salaattia tai tulista pastaa ja juoda pari lasia viiniä parvekkeella.

Hän kertoi Ilkan käytöksestä jo lukion toisella luokalla. Miten halaukset ja poskisuudelmat tuntuivat kiusallisen intiimeiltä, miten Ilkka penkoi hänen alusvaatelaatikkoaan ja odotti kylpyhuoneen oven takana, kun hän tuli suihkusta. Ja minä vähättelin sitä kaikkea. Ilkka oli hyvä isäpuoli, aina kiinnostunut Inkan asioista.

Ennen viimeistä lukiovuottaan Inka pakkasi laukkunsa ja muutti isänsä luokse Espooseen. Ei jäänyt odottamaan, että se kauhein tapahtuisi. Minä makasin viikon sängyssä itkemässä. En tiennyt, missä Ilkka liikkui enkä välittänytkään. En jaksanut mennä työhuoneelleni ja peruin tapaamiset kustannustoimittajan

153

kanssa. Parin kuukauden kuluttua Ilkka sanoi, ettei täällä ollut enää mitään kiinnostavaa. Hän muutti uuden naisensa luokse Porvooseen.

— Vaara ohi, huusin rempseästi puhelimeen. – Tule kotiin.

— Hyvä sulle. Turvallista elämää, Inka vastasi.

Hän ei palannut, ei viettänyt kanssani edes tulevaa joulua eikä tullut pääsiäisenä syömään lammaspaistia. Seuraavan kesän lopulla hän vihdoin soitti ovikelloa, seisoi eteisessä ja halusi vanhan imurimme uuteen opiskelijayksiöönsä. En raskinut luopua siitä. Sen tuttu hurina sai ajatukseni raiteille silloinkin, kun kirjoittaminen ei sujunut. Inka työnsi tyytyväisenä kaksisataa euroa taskuunsa ja istui kanssani keittiön pöydän ääreen kahville.

Pimeän hiljaisuuden rikkoi ylös kulkeva hissi ja sen jälkeen tömähdys. Urheilutossut osuivat ylimpien kerrosten rappusiin. Tasaisella jyminällä jakaja eteni kohti kolmatta kerrosta. Välillä kuului kolahdus. Aamulehti tunkeutui jonkun asunnon postiluukusta sisään. Oli oltava valppaana. Kun jakaja tuli ovelleni, piti huutaa. Kaikki tapahtui aina nopeasti. Öisin valvoessani olin sen huomannut. Oli vaikea erottaa, missä kohtaa jakaja oli tulossa. Hyvä Jumala, anna sen pysähtyä!

Kumitossun pohja narahti oveni takana ja lehti tunkeutui postiluukusta kohti päätäni.

— Apua, hae apua, huusin onnettomasti vikisten.

Tossut eivät pysähtyneet. Tömähdykset etenivät alaspäin ja lehdet solahtivat seuraavista postiluukuista sisään. Askeleet vaimenivat. Oli taas aivan hiljaista. Palovaroittimen punainen valo vilkahti peilissä.

Pari päivää sitten pyysin ensimmäisessä kerroksessa asuvan talonmiehen kahville ja asentamaan uuden palovaroittimen. Markus istui pitkään keittiössäni. Juttelimme hänen töistään ja opiskelustaan ja elokuvakäsikirjoituksesta, jota olin kirjoittanut koko kesän. Lopulta hän kysyi, lähtisinkö elokuviin. *Iloisia aikoja, Mielensäpahoittaja* voisi olla hauska. Markus olisi muutaman päivän lomalla serkkunsa mökillä. Sitten sopisi. Ehkä Markus soittaisi ja kysyisi, oliko jättänyt ruuvimeisselin eteiseeni. Tekisi tikusta asiaa, kun halusi kuulla ääneni. Tai mitä talolle kuului. Oliko tuuraaja kastellut pihan kukkalaatikoiden pelargoniat ja ajanut pienet nurmikkoalueet pensasaidan vierestä?

Vaimea askel hieraisi tasannetta uudelleen melkein pääni kohdalla. Postiluukku narahti ja taskulampun valo sokaisi silmiäni.

— Onko joku hätä? ääni kuiskasi postiluukusta.

— On, sattuu, en pääse ylös, hae talonmies!

— Oletko Leea?

— Ei kun Leila.

— Minä haen, kirkas ääni lupasi ja askeleet jymähtivät taas alempien kerrosten rappusiin.

Hetken oli hiljaista. Oliko jakaja lähtenyt lupauksestaan huolimatta ja sulkenut ulko-oven niin hiljaa, etten kuullut sen käyvän? Miksi hän kysyi Leeaa? Jossain ovikelloa kuitenkin soitettiin pari kertaa terävästi, ovi avattiin, jotain puhuttiin. Oli taas hiljaista. Sitten askeleet pomppivat rappusia ylös minua kohti. Avainnippu kilisi, kolahti pari kertaa oveeni. Avain kääntyi ja valot sytytettiin. Markus seisoi edessäni polvipituisissa raidallisissa pyjamahousuissa ja hihattomassa t-paidassa.

— Mikä on?

En saanut sanottua mitään. Ulvoin suoraa huutoa. Lehdenjakaja piiloutui Markuksen taakse, toivotti hyvät päivänjatkot ja painoi oven kiinni perässään. Markus polvistui viereeni. Lämmin käsi siirsi huonekaluliikkeen mainoksen päältäni ja kosketti olkapäätäni. Tärinä katosi kehostani ja puristin sormeni hänen käsiinsä. Askeleet loittonivat porraskäytävään ja ulkoovi kolahti jakajan takana. En edes kiittänyt häntä. Muutama sadepisara rapisi olohuoneen ikkunalaudalle ja kadunkulmassa kirahti ensimmäinen raitiovaunu.

Kirjoittajaryhmä

Fleminginkadulla katutason liiketilassa kuuluu toisinaan maanantaisin kynän rahinaa ja näppäimistön rapinaa. Tämän antologian kirjoittajat kohtaavat noin joka kolmas viikko Ahlmanin luovan kirjoittamisen jatkokurssilla. Ryhmän jäsenet ottavat työskentelyn kirjoittamisen parissa tosissaan: tapaamisissa annetaan huolellista palautetta ja käydään innostavia keskusteluja. Salakuuntelija voisi havaita huumoria, lahjakkuutta ja mielikuvituksen leiskuntaa.

Ajatus yhteisen novellikokoelman tekemisestä syntyi talvella 2018–2019. Ensimmäiseksi ryhmässä mietittiin teemaa. Kun värikkäät post-it-laput koottiin ideapajassa taululle, vaikutti siltä, että kirjoittajia kiinnostaa kaksi aihetta ylitse muiden: yksinäisyys ja kuolema. Abstrakti teema tuntui kuitenkin vaikealta lähtökohdalta. Irrallisista novelleista koostuvan antologian sijaan kirjoittajia kiinnosti myös luoda yhteinen taiteellinen kokonaisuus.

Toisessa tapaamisessa asia loksahti kohdalleen. Entä jos kaikki novellit sijoittuisivat samaan taloon? Asukkaiden elämät vuosien varrella voisivat sivuta toisiaan.

Valittiin rakennus todellisen ja kuvitellun rajamailta ja tutkittiin pohjapiirrosta. Talo sai asukkaansa ja alkoi elää.

Erkki Böös on lasten ja nuorten vapaaehtoistyötä harrastava kirjoittaja, joka ammentaa aiheensa eletystä elämästä. Hän kirjoitti aiemmin proosarunoja, nyt kiinnostavat novellit ja viimeistelyssä on dekkari. Ne syntyvät parhaiten kotona, vanhassa kerrostalossa.

Sanna Hirvonen on museoammattilainen, kieli-intoilija ja helsinkiläinen. Työssään hän kirjoittaa tietotekstejä taiteesta, vapaa-ajalla proosaa ja joskus runoja. Junat, laivat ja aulabaarit inspiroivat, mutta juuri nyt tärkein kirjoituspaikka on oman kodin ruokapöytä.

Tuitu Mikkonen kirjoittaa vapaina hetkinään vuonna 1945 valmistuneen kerrostalon kellariluukussa. Tai sitten kotona keittiön pöydän ääressä. Tai sitten hän suunnittelee kirjoittavansa. Työmaabussissa. Elämisestä.

Leena Partanen kirjoittaa novelleja ja lyhytproosaa. Tarinat kypsyvät usein lenkkipoluilla, vesijuoksualtaassa tai kirjaston karaokessa. Teksteiksi ne muovautuvat kotona kirjoituspöydän ääressä, punaisessa nojatuolissa tai kahvilan nurkkapöydässä.

Emma Puikkonen on luovan kirjoittamisen opettaja ja kirjailija, joka työskentelee yleensä kotona ruokapöydän ääressä. Toisinaan hänen on kuitenkin karattava perheen luota kahdeksi päiväksi tai viikoksi halpaan hotelliin tai ystävän tyhjään asuntoon, kun teksti vaatii rauhaa ja pitkiä ajatuksia.

Kirsi Rajapuro on paluumuuttaja, kääntäjä, bloggari, hämeenlinnalainen sekatyöläinen, kirjoittanut ikänsä. Hakenut ulkomailla asuessaan oppia etäkursseilta ja Orivedeltä. Vana-66 ryhmän uusjäsen. Kirjoittaa enimmäkseen novelleja, myrskyisinä kausina runoja ja rauhallisina utopiaromaania. Työstää näitä vihdoin omassa huoneessa, jossa on suljettava ovi.

Kare Rautio on opettaja, kirjoittaja ja harrasteremontoija. Takana on lehtiartikkeleita ja oppimateriaaleja, nyt työn alla on historiallinen romaani. Hän pitää juoksemisesta sekä lenkkipolulla että historiallisella aikajanalla. Tekstit syntyvät matolla maaten, sopivan taivastelevassa asennossa.

Alpo Tiilikka on tietotekniikkaa osaava senioriikäinen kansalainen, joka kirjoittaa proosaa mieluummin kuin somettaa. Harrastajakirjoittajan uralla on syntynyt kolme omakustanneromaania ja lukematon määrä lyhyitä tekstejä. Oppi on ammennettu Oriveden opistolta, tietysti. Oma pöytä on paras pöytä.

Luonnosten tekoon tarvitaan välillä eloisampia paikkoja, kahviloita, ravintoloita, liikennevälineitä.

Piditkö lukemastasi? Vai etkö pitänyt? Onko sinulla ajatus, miten muuten kirjan tapahtumat olisivat voineet edetä? Kerro meille, sähköpostilla osoitteeseen

yksinainen.imuri@gmail.com

Lukuterveisin
Kirjan tekijät